Reinhart Brandau

AF138770

BRITANNIA

Meine Autobiographie
zweiter Teil

Bird Books Worpswede

Herstellung und Verlag
BoD Books on Demand, Norderstedt
(Printmedium & e-Book)
ISBN 978-3-7322-4304-4

Erst wundern sich alle, daß ich nach England will. Dann fällt meinem Papa ein, daß er dort Freunde hat, aus der Zeit vor dem Krieg.

Es blieben mir nur wenige Tage ein paar Brocken Englisch zu lernen.

Mit meinen Habseligkeiten in einem kleinen Koffer, Papa, Mama, Eckart und Karin, warte ich am Blumenthaler Bahnhof auf den Zug.

Als der sich langsam wieder in Bewegung setzt, und der Kleine Bahnhof mit meinen Eltern und Geschwistern an mir vorüberzieht, und immer kleiner wird, hab ich schon ein komisches Gefühl im Bauch.

Dann fällt mir meine Elfe ein, und ich weiß; ich bin endlich nicht mehr so allein …

*

Die Reise nach Calais ist weit, bis in die Nacht aus der uns irgendwann die Lichter der Stadt am Meer entgegen leuchten. All die vielen Stunden hab ich statt Englisch Elfisch gelernt.

Und das ist wirklich schwer für einen Menschen, weil Elfisch ja nicht nur aus Worten besteht, wie ich es gewohnt bin. Es besteht vor allem aus Gedanken, Gefühlen und so was wie Träumen. Die ganze Zeit bin ich in einer anderen Welt gewesen, und hab von dem, was um uns war gar nichts wahrgenommen.

Eben erst sind wir in Blumenthal abgereist. Jetzt sind wir schon gleich in Calais angekommen. Von der Reise kann ich also nicht berichten, und von dem, was wir uns erzählt haben auch nicht, weil Elfisch ja in keine Menschensprache paßt.

Wieder einmal Windstärke zehn! Die Fähre nach Dover kämpft sich stampfend durch die Wellen. An die Reling geklammert, schau ich ins Wellental. Schwarze Nacht; klettert an der schiffswand hoch, ertränkt den schwachen Lichtschimmer der aus Bullaugen ins Wasser fällt, wirft nasse Schauer über uns und das Deck, und sinkt in dunkle Tiefe zurück. Die fernen Lichter von Calais steigen auf in den Himmel, sinken hinab in die Nacht.

In der Kabine im Bauch des Schiffes. Versuche zu schlafen. Unmöglich! Der kleine Raum erzittert, schüttelt sich, bockt, steigt hoch, fällt und donnert und kracht daß ich denke unser Schiff hat einen Felsen gerammt. Wenn wir gleich untergehn! Steh auf. Will an Deck zu den Rettungsbooten.

„Leg uns ruhig wieder hin."
„Wenn wir aber ertrinken!"
„Du weißt doch was wir sind ...? Und sind wir uns nicht am Meeresgrund begegnet?!
Mit dir einschlafen, und träumen ...."

Sie lächelt, sieht mir in die Augen ... wir liegen beieinander auf einem Hügel im Gras. Gelbe Blüten leuchten in duftender Frühlingsluft. Tief atmet meine Elfe ein. „daffodils", sagt sie, „so nennt man hier die Osterglocken. Wir sind schon mal in England gelandet. Mag die Fähre nachkommen. Wir fahren nur das letzte Stück noch mit."

„Du kannst Englisch?" Sie gibt mir einen neckischen Kuß auf die Nase.
„Kann ich nicht auch Deutsch? Elfen sprechen alle Menschensprachen, und verstehen auch die der Tiere und Pflanzen, der Sterne, des Regens, des Windes", verheißungsvoll lächelt sie mich an ... „und die der Vögel auch ... soll ich?" Ihre Augen; tief und geheimnisvoll sind sie, eigenartig fremd, und vertraut, wie in weiter Ferne und doch ganz nah. Sehne mich in ihnen zu

versinken ... werde wundersam leicht, und schwebe, und schaue in die Augen einer Schwalbe ...

„Hey du, wo bin ich?"

„Hey du, bei mir!"

„Wer bist du, Schwalbe?"

„Bin nicht Schwalbe, bin doch ich!"

Aus ihren großen dunklen Augen leuchtet ihre Seele; dunkles Leuchten; Nacht und Tag, Sterne, Sonne und der Wind, und Mondlicht auf sanften Meereswogen ... und Lebenslust, und Liebe auch und Lebensmut. Lieb ist sie, sanft, geduldig, schnell und stark. Keine Schwalbe – Leben ist sie, und Liebe!

„Wollen wir zusammen fliegen?"

„Jjjjja."

„Ich mag dich leiden, auch wenn du etwas zögerlich bist. Dein Blick ist nicht sehr kühn. Hast du vor was Angst?"

„Nein. Ich bin nur fremd hier. Mag dich aber auch leiden."

„Fremd? Was ist das?"

„Das ist da, wo man nicht zu Hause ist."

„Wir sind doch überall zu Hause. Komm, laß uns zu dem Baum dort fliegen!"

Neben meiner kleinen Freundin lande ich auf einem dünnen Ast. Mit ihrem kleinen breiten Schnabel gnabbelt sie zärtlich in den Federn auf meinem Kopf, flüstert mir liebes ins Ohr, daß ich vor Wonne ein Auge schließe, wobei das andere Auge wacht. Sie kuschelt sich an mich, neigt ihr Köpfchen und erzählt mir leise singend, wie glücklich sie ist.

Mit hellem „Zit, zit," fliegen wir auf in die Sonne, über den Wald dahin, jagen Mücken und Fliegen und landen wieder auf unserem kleinen Ast im Baum. Leise singt sie mir ihre Liebe ins Ohr. Leiser und leiser, bis ich aus der Ferne meinen Namen höre: „Reinhart", flüstert meine Elfe, „wolltest du denn gar nicht wiederkommen?"

„Nein, eine Schwalbe will ich sein!"

„Schau mich an!" Ihre Augen ... es sind die Augen meiner Schwalbe ...

Aus dem Morgengrau leuchten die weißen Klippen von Dover. Endlich legt die Fähre an, und wir betreten wieder englischen Boden. Alte, vom Salzwind benagte Häuser. Am Weg zum Bahnhof, längst verwelkte Daffodils auf spärlichem Rasen.

Gemächlich schaukelt die Bahn durch grünes Hügelland. Feldsteinmauern winden sich um Wiesen, Felder, Laubwäldchen, einsame Höfe und Cottages. Bläulicher Dunst liegt über der Stadt in die der Zug auf glänzenden Gleisen hinein rollt. In der großen Bahnhofshalle buntes Menschengewimmel; London.

Wir steigen aus und warten auf den Zug nach Nottingham. So erschreckend viele Menschen hab ich noch nie gesehen. Erleichtert steigen wir in unseren Zug. Als er anfährt, ein komisches Gefühl im Bauch. Was uns da wohl erwartet, bei den fremden Menschen, in der fremden Stadt? ... Ich bin ja nicht allein.

*

Nottingham. Bremsen quietschen. Die Waggons stoßen nochmal aneinander. Wir sind angekommen, und steigen aus.

Da stehen sie, und winken mir zu; ein gelber Schlips und ein geblümtes Kleid. Ich krieg einen Schrecken. Meine Elfe fängt an zu weinen und verkriecht sich in der hintersten Ecke meines Herzens. Oh Gott! Sollten wir jetzt auch noch vom Regen in die Traufe kommen?!

Ich hatte ja darüber schweigen wollen, daß Papa ziemlich ungenießbar geworden war; in Blumenthal. Er meinte nur streng zu sein. War aber in Wirklichkeit nichts als krankhaft eifersüchtig auf die Liebe unserer Mutter zu uns Kindern.

Ich liebte und bewunderte ihn, denn er war ein guter Mensch. Gut, aber nicht gütig. So welkten Nähe und Urvertrauen zwischen uns dahin. Alles was Spaß und Freude machte, war in seinen Augen Luxus. Und Luxus war unmoralisch. Süßigkeiten, Kino, sich am Strand rumlümmeln oder gar Eis essen, hätte er am liebsten ganz verboten.

Als er ein Kind war hatte seine Mutter ihn, ihren ältesten Sohn, der allein selig machenden Kirche vermacht, für ein Plätzchen im Himmel, zu Füßen des Herrn.

Um 1900, am Tag ihrer Hochzeit,
die vorerst noch unbefleckte Adelheid

Da war er nun im Kloster, bei den Mönchen, mußte zur Beichte und wollte alles besonders gut und richtig machen. So hat er dann eine Pauschalbeichte, in der er, der kleine Junge, sich des Beischlafs mit einer armen Sünderin bezichtigte auswendig gelernt. Er wußte, daß der Text eine Beichte war, und auf Lateinisch natürlich besonders heilig. Von dessen Inhalt jedoch, hatte er keine Ahnung.

Stolz auf seine Leistung, trug er diese Beichte seinem Beichtvater vor. Der wurde rot im Gesicht, nahm ein Knotentau und prügelte alle Sünden dieser Welt aus dem ahnungslosen Jungen raus.

Dafür, daß er folgsam und fleißig gewesen war, wurde er so schmerzhaft bestraft!

Ungerechte Welt! All seine Heiligkeit war aus ihm rausgeprügelt worden. Er taugte nicht mehr, fürs Klosterleben. So wurde sein jüngerer Bruder Ernst, an seiner Stelle, Pater Engelbert.

Später hat mein Vater seine Seligkeit dann endgültig verspielt – mit einer Heidin, die meine Mutter wurde. Die erzählte mir, und das ist wirklich wahr, meine Mutter hat mich nämlich, anders als mein Vater, niemals angelogen – erzählte mir, daß seine Mutter Adelheid zu ihm gesagt hat: „Lieber seh ich dich auf dem Gottesacker liegen, als im Bett dieser Heidin!"

Mein Vater hat es als Kind wirklich nicht leicht gehabt, und wahrscheinlich ist aus jener Zeit ein Stück Hölle in seiner Seele hängengeblieben. Ein Stück Hölle, das ihm auch jetzt noch sein Leben nicht gerade leicht macht, und seine Schatten auch auf seine Frau und Kinder wirft.

War gerade elf, die Stadt lag noch in Trümmern, als ich krank wurde. „Diphterie und Scharlach!" versicherte uns der Arzt, und ließ einen Krankenwagen kommen. Durch endlose Trümmerfelder schaukelte mich der VW Bus zum Krankenhaus in Bremen. Dort legte man mich in einem Sterbezimmer ab.

Als ich nachts in den langen Flur wankte, ich suchte nach einer Toilette, ertönte ein Entsetzensschrei. Es war die Stimme der Schwester die mich ins Bett gebracht hatte, mich längst für tot hielt und glaubte meinem Geist zu begegnen. Weiß im Gesicht, sah sie mich ungläubig an. Zaghaft berührte sie meine Hand. „Was machst du denn hier?!"

Viele Betten mit kranken Kindern in dem großen Saal. Die meisten Kinder bekamen fast jeden Tag Besuch von ihren Eltern und Geschwistern, die ihnen Obst oder Kuchen und Spielzeug mitbrachten. Davon bekam ich manchmal was ab. Mich kam niemand besuchen.
Drei Wochen war ich schon im Krankenhaus als meine Mutter endlich kam. „Papa hat mir verboten dich zu besuchen." gestand sie mir. „Er will nicht, daß du ein verweichlichtes Muttersöhnchen wirst. Heute ist er nicht zu Hause, da konnte ich endlich kommen."
Wie hab ich mich gefreut, daß Mama endlich da war! Und über das was sie mir mitgebracht hatte: selbstgebackene Plätzchen, einen Apfel und ... eine Dose Pampelmusensaft!
Über Papa aber hab ich mich nicht gefreut, ich fühlte mich von ihm verlassen. Der Pampelmusensaft war sowas wie trinkbare Mutterliebe für mich. Und ich hab, durch ein kleines Loch im Deckel, nur manchmal einen kleinen Schluck getrunken. Wie traurig war ich dann, als der köstliche Saft nach ein paar Tagen verdorben war und ganz ekelig schmeckte.

Eine Weile bin ich wie gelähmt auf dem Bahnsteig gestanden. Die ältliche Frau im geblümten Kleid kommt mit unsicherem Lächeln, in ihrem Kneifzangengesicht, auf uns zu. „Hallow, is it you Reinhart"?
„Yes, is it you Aunty"?
Damit ist mein Englisch schon fast aufgebraucht. Noch zwei Schritte. „Welcome here in Nottingham!" dann, brrrr! Umarmt sie mich! Ihre Augen hinter einer Brille verborgen, versucht sie ein verkrampftes Lächeln.

„Elfe, bleib bloß wo du bist! Ich sag dir bescheid wenn die Luft wieder rein ist!"
Freundlich grinsend, groß und massig, kommt nun uncle Hull wie ein Bär auf mich zu und ergreift – gottlob – nur meine Hand.

Die Luft ist erst wieder rein als ich meine Sachen aus dem Koffer auspacke. „Wo sind wir nur gelandet!" ist vorerst alles was meiner Elfe noch einfällt. Was bin ich froh, daß sie überhaupt noch da ist!
Zaghaft erobern meine Sachen aus dem Koffer nun ein bisschen unsere Umgebung. Als Aunty dann in der Tür erscheint, gerät meine Freundin so in Panik, daß sie diesen unseligen Ort blitzartig verläßt, und gewiß so bald nicht wiederkommt ...

Aunty, die von Natur aus elfenblind ist, und ahnungslos, sagt: „Breakfeast is ready, Reinhart, will you please come into the kitchen!"
„Das Frühstück ist bereitet, Reinhart, würdest du bitte in die Küche kommen!"
Versteh ja kein Wort, ahne jedoch was gemeint ist und folge ihr in die Küche. Auf dem Küchentisch stehen drei Schalen mit schottischem porridge, dicker Haferbrei mit Milch. In einem Körbchen liegen warme selbstgebackene scones, Haferbrötchen. Dazu ist noch Butter und Orangenmarmelade auf dem Tisch. Zu trinken gibt es English Tea; schwarzer Tee mit Milch und Zucker.

Erst fühle ich mich wie in einem falschen Film. Dann, beim frühstücken, entspann ich mich doch ein wenig, bis Aunty meint: „You definitely need long trousers and proper shoes. You really can`t walk about in those short pants."
„Du brauchst unbedingt lange Hosen und ordentliche Schuhe. Du kannst wirklich nicht in der kurzen Hose rumlaufen."
Von dem was sie sagte hab ich nichts verstanden. Ihre missbilligenden Blicke auf meine Hose und die Schuhe lassen mich jedoch ahnen, daß sie über meine Kleidung gesprochen hat.

Nach dem Frühstück geht die kleine Frau mit mir in die Stadt. In einem Kleiderladen soll ich lange graue Flanellhosen mit Bügelfalte anprobieren. Eine muß ich gleich anbehalten, eine zweite wird sorgfältig in Papier eingeschlagen. Dazu noch ein Paar Schuhe. Aunty ist fürs erste zufrieden.

Seit Aunty mich zum Frühstück bat, hat sich meine Elfe nicht mehr hören oder sehen lassen. Sie wird in ihrem Versteck wohl eingeschlafen sein.
Zu Mittag gibt es pork-pie, peas und gravy. Schweinefleischpastete im Teigmantel, Erbsen und Bratensoße.
Mir schmeckt das Essen gut. Aunty schmeckt es aber nicht, wie ich mit Messer und Gabel umgehe und sagt: „That`s the way barbarians would eat, using their fork like a shovel, just shoveling their food into them, what definitely is not gentlemanlike.”
"Das ist die Art wie Barbaren essen, die ihre Gabel wie eine Schaufel benutzen, ihr Essen einfach in sich rein schaufeln, was definitiv nicht gentlemanartig ist."

Natürlich hab ich wieder kein Wort verstanden außer: Barbarians und eat. Damit hat sie mich wohl gemeint. Ihre Gestik und Mimik dagegen hab ich schon verstanden. Nun ist ja alles klar, ich bin ein Barbar! Oh, oh, wenn das so weitergeht!

„Watch me, my dear, I show you now!“
"Sie mir zu, mein Lieber, ich zeige dir jetzt wie es geht!”

Aunty hält ihre Gabel umgedreht, mit der Wölbung nach oben, spießt etwas Pastete auf, reiht, mit Hilfe ihres Messers, einige Erbsen über die Pastete auf den Gabelrücken und befördert das ganze in ihren nur halb geöffneten Mund, um zu zeigen, daß sie wie eine wohlerzogene Engländerin *speist*, eben nicht *frißt,* wie es Barbaren tun.

Ihr könnt euch wohl vorstellen, wie lange ich üben mußte, bis ich einigermaßen gentlemanlike essen konnte … und wie öde die Wochen dahin geschlichen sind die ich mit meinen neuen „Eltern", und ohne meine Elfe, die einfach nicht mehr, nicht mal in Gedanken, aufzufinden war, verbringen mußte …

Uncle Hall ist im Ministerium für Ernährung tätig. Aunt Peggy war früher mal Lehrerin und hat jetzt alle Zeit der Welt. Sie führt nur noch den Haushalt. Das kann Uncle auch mal tun. So fragt mich Aunty denn, ob ich mit ihr durch England reisen möchte. Ich möchte, wenn ich auch nicht weiß warum.

*

Aunty, kleines Hutzelweib, mit Rucksack und mir an einer Landstraße irgendwo in England. Ein Auto naht. Der Fahrer deutet nach hinten, hebt im vorbeifahren bedauernd die Hand. Dieser Wagen ist voll besetzt. Der nächste hält an. Ein älterer Mann in dunkler Kleidung. Sieht aus wie ein Pfarrer, bittet uns einzusteigen.

Aunty, die vorne sitzt, unterhält sich mit ihm wie mit einem alten Bekannten. Ich versteh mal wieder kein Wort.

Die Straße windet sich durch hügeliges Land, vorbei an Dörfern, Wäldern, alten Sandsteincottages und Blumengärten.

Vor uns kriecht ein Laster die Straße hoch. Nachdem wir eine Weile hinter ihm hergeschlichen sind, biegt er ab auf einen Parkplatz. Unser Fahrer grüßt dankend zu dem Lastwagenfahrer rüber der seinen Laster, als wir vorbei sind, wieder auf die Straße fährt. Sicherlich ist der ein echter Gentleman.

Schließlich biegen wir ab in eine Allee uralter Lindenbäume, deren mächtige Kronen sich als grünes Laubdach über uns wölben. In ihrem Schatten fahren wir auf einen alten Landsitz zu.

Vor dem Herrenhaus, mit den vielen Fenstern in der efeubewachsenen Sandsteinfront, halten wir neben der großen Freitreppe an. Sie führt zur Haustür hoch. Die ist aus massivem, dunklem Eichenholz, und knarrt ächzend als Aunty sie öffnet. Die große Halle sieht aus, als wenn sie noch aus der Zeit der Ritter stammt. Hier begrüßt uns eine Frau, unterhält sich mit Aunty und führt uns in einen Raum, in dem ein Lehrer Schulkinder unterrichtet.

Der Lehrer begrüßt uns erst auf Englisch, dann sagt er zu mir: „Willkommen in Dartington Hall. Der Unterricht ist bald zu ende, möchtest du dich solange zu uns setzen?"
„Sehr gerne."

Die Frau nimmt Aunty wieder mit, während ich mich zu den Schulkindern setze. Erst sehen die alle zu mir her, so daß ich etwas verlegen werde, dann wenden sie sich wieder ihrem Lehrer zu.

Irgendwas ist hier anders, als in der Schule in Blumenthal. Hier bewegen sich die Kinder ganz unbefangen und sehen aus, als ob sie gerne in der Schule sind. Am Ende des Unterrichts kommen die Kinder zu mir, und stellen sich vor. Das verstehe ich noch. Und, „I am Reinhart" kann ich auch schon sagen. Der Lehrer übersetzt mir die Fragen der Kinder, und ihnen meine Antworten.

Als Aunty wiederkommt, spricht sie mit dem Lehrer. Der fragt mich: „Möchtest du eine Weile bei uns bleiben, während Aunty noch eine kleine Reise macht?"

„Wenn ich darf!" antworte ich glücklich, „Aber ich versteh doch noch kein Englisch."

„Ich gebe ja auch Deutschunterricht. Mit den Deutschschülern kannst du dich bestimmt ganz gut verständigen."

Nachdem Aunty sich verabschiedet hat, führt mich der Lehrer durch das Schuldorf. Die Schule ist tatsächlich ein kleines Dorf. Cottages, Gebäude die wohl mal Ställe oder Scheunen waren zwischen Obst- und anderen Bäumen. Halb Park, halb Blumen-Kräuter- und Gemüsegarten.

Vor einem großen alten Haus sind Kinder in ihr Spiel so vertieft, daß sie uns erst nicht kommen sehen. Sie spielen Marmeln. Noch ein paar Schritte. Wir sind bei ihnen und sie unterbrechen ihr Spiel.

„That's Reinhart. He just arrived from Germany, and will stay with us for a while."

"Das ist Reinhart. Er ist gerade aus Deutschland angekommen, und wird eine Weile bei uns bleiben."

Unter den Kindern sind auch Deutschschüler. Ein Mädchen fragt mich: „Willst du spielen mit uns?" und gibt mir von ihren Marmeln welche ab. Auf ihrer Hand hat sie eine Warze, auf ihrem Arm einen Leberfleck. Ihre Hand ist trotzdem schön, aus der sie die Marmeln in meine Hand kullern läßt – und mich dabei anlächelt, mit ihrem schönen Gesicht, der frechen kleinen Sommersprossennase, den Sprenkeln auf ihren Wangen unter den grünen Augen mit rötlichen Wimpern, schmalgeschwungenen Augenbrauen und ihrem langen roten Haar, das auf eine helle Bluse fällt, die ihr halblanger dunkelblauer Faltenrock oben um ihre Taille hält.

„Ich bin Ann und von Irland." sagt sie mit einem Seitenblick als wenn sie sich ein ganz klein wenig vor mir ausgezogen hätte.

„Kannst du play marbels?" „Yes." „It's your turn then, oh excuse me, du kannst anfangen."

Schon nach wenigen Augenblicken gehör ich dazu, zu den eben noch fremden Kindern. Wieder rollt eine Marmel und bleibt liegen.

Blaue, gelbe, grüne Fäden winden sich durch das kristallklare Glas in die Marmel hinein. Ein leichter Schreck durchfährt mich. Diese Marmel hab ich doch schon mal gesehen! Ich schau das Mädchen an, das sie geworfen hat, und ... diese Augen doch auch!

Wir sehen uns an, lächeln, und gehen auf einander zu. Fragend sieht mir das Mädchen in die Augen – Wiedererkennen – wie sanfter Wind der über unsere Gesichter streichelt.

„Ich kenne dich lange, Reinhart, you are so very very vertraut, wie ein very alter friend."

„Ich kenne deine Augen, und auch deine Marmel schon sehr lange. Nur du selbst siehst ganz anders aus, als damals. Verstehst du mich?"

„It´s your turn, Reinhart and Susan." fordert Ann uns auf. Wir spielen unsere Runde, gehen etwas bei Seite, und Susan sieht mich an.

„Was ist damals?"

„Vor viel Zeit, vorher, früher mal."

„Long ago?"

„Ja, long ago, in Hamburg, als die Bomben fielen."

„The bombs?"

„Yes, the bombs auf Hamburg. You kleines girl, Erika, fünf Jahre alt." ich zeige ihr fünf Finger meiner Hand.

„Fife years? I am sieben jetzt. My dad, mein Papa is a pilot, er dropped Bomben an Hamburg in Krieg."

„Your dad dropped bombs auf Hamburg? Was it der Angriff der Gomorrha hieß?"

„Gomorrha, yes, daddy sagte so."

„Reinhart, Susan, your turn!"

Diesmal gewinne ich die Marmel die ich damals in Hamburg, als Erika gestorben war, behalten durfte.

Ich drehe sie zwischen meinen Fingern hin und her, betrachte sie von allen Seiten. Sie sieht genau so aus, wie die in Hamburg, damals nach der Bombennacht. Es ist tatsächlich die gleiche, nicht aber die Selbe, das kann nicht sein. Wie sollte die denn aus Hamburg hierher gefunden haben?!

Und Susans Augen; sie gleichen Erikas Augen nicht wie sich die Marmeln gleichen. Nicht wie sie aussehen. Was in ihnen lebt, was man nicht sehen, was man aber empfinden, das einen berühren kann … ihre Seele …
Hat Erikas Seele sich den Mann, der seine Bombe auf sie fallen ließ, zum Vater gewünscht? Hat dieser Mann ihr das Leben wiedergeschenkt, in Susan?!
Glauben kann ich das nicht! Ich sehe, fühle, weiß es nur …

Wir sind eine Weile gegangen. Susan bleibt stehen und schaut mir in die Augen. „It´s wie ein miracle, ich habe gesehen deine Augen seit anfang von Zeit." Wie in Gedanken versunken schaut sie auf einen kleinen Hügel vor uns und sagt: „See that hilloc over there? I love to be there lying in the grass dreaming wonderful dreams arising from enchanted ground. In spring even fairies will be singing and dancing there among moonlit daffodils."
"Siehst du den Hügel da drüben? Ich liebe es, dort im Gras zu liegen und wundervolle Träume zu träumen die aufsteigen aus verwunschenem Grund. Im Frühling werden sogar Elfen zwischen den im Mondlicht leuchtenden Osterglocken singen und tanzen."
Nur die Hälfte habe ich verstanden, und dennoch weiß ich jetzt; Susan, sieben Jahre, ist kein kleines Mädchen. Sie ist eine wundervolle weise Frau, die verborgenes sieht und von Dingen weiß, von denen Menschen sonst nicht wissen.

Und jetzt liegen wir auf dem Hügel im Gras, und vor uns stehen, zwischen ihren schlanken dunkelgrünen Blättern, nur noch die Blütenstengel der daffodils, die meine Elfe und ich noch blühen gesehen haben. Jetzt, hier, auf dem daffodil hill, muß ich wieder an sie denken.

„Susan, ich hab eine geheimnisvolle Freundin. Möchtest du ihr begegnen?"

„Was ist geheimnisvoll, möchtest begegnen?"

„Geheimnisvoll ist wie hier alles. Möchtest begegnen – jemanden sehen, to see."

„Yes, please, I love geheimnisvoll!"

"Elfe, wir sind wieder bei den daffodils!"

„Ich weiß, bin doch schon lange hier!" und legt sich zwischen Susan und mich ins Gras, sieht Susan an, streichelt ihr Gesicht, küßt ihre Augen und sagt zu ihr: „I kiss your eyes because they see me, I stroke your face because I like you so much."

„Ich küsse deine Augen weil sie mich sehen, ich streichle dein Gesicht weil ich dich so gern hab."

Susans Gesicht glüht, ihre Augen leuchten, und sagt kein Wort. Dann, vorsichtig, ganz zart berührt sie mit ihren Fingern der Elfe Gesicht. Die legt ihre Hände über Susans Hände und flüstert in sie hinein: „Your eyes tell me, you would like me to be in you?"

"Deine Augen sagen mir, daß du möchtest daß ich in dir bin?"

„Yes, dear fairy, would you please, if you can!"

"Ja, liebe Elfe, würdest du bitte, wenn du kannst!"

„Shure can I live in Reinhart and you at the same time. I am one and many if I want. I can touch you, and you can touch me although my body does not exist of mortal flesh. It exists by the power of love. And this power is not bound to any mortal body. Love creates as many spiritual bodys as humans, animals, herbs, trees and anything of spirit does wish."

"Sicherlich kann ich gleichzeitig in Reinhart und dir leben. Ich bin eine und viele wenn ich will. Ich kann dich berühren, und du kannst mich berühren obwohl mein Körper nicht aus sterblichem Fleisch besteht. Er besteht aus der Macht der Liebe. Und diese Kraft ist an keinen sterblichen Körper gebunden. Liebe erschafft so viele spirituelle Körper wie sich Menschen, Tiere, Pflanzen, Bäume und alle Geistwesen wünschen."

Ein Windhauch weht den hellen Klang einer Glocke herüber. Susan richtet sich auf: "It´s dinnertime!"
„Just lay yourself down again Susan, I´ll stop the time a bit. You want to know what immortality is all about?"
"Yes, would you tell me, if you please?!"
"Well, immortal, like me, cann´t die. Mortals yet will die. Dying is, to be born into the universe."
"Fairy, I remember the angels now after the bomb. They are wonderful!"
"Yes my dear. Angels are the fairies of the universe. They are unique and eternal like us. And shure, you did´nt want to ever leave them once you was friends with them. But even there you was mortal, and died back to earthly life to become the Susan you are now. Do you still want me to be your fairy?"
"Yes dear fairy, please come inside me, for ever!"

"Es gibt jetzt Mittagessen!"
"Leg dich nur wieder hin Susan, ich halte die Zeit ein wenig an. Du möchtest wissen was Unsterblichkeit ist?"
„Ja, erzähl mir bitte, wenn du magst?!"
„Ja, Unsterbliche, wie ich, können nicht sterben. Sterbliche jedoch werden sterben. Sterben ist, in das Universum hineingeboren zu werden."
„Elfe, ich erinnere mich jetzt an die Engel, nach der Bombe. Die sind wundervoll!"
„Ja meine liebe. Engel sind die Elfen des Universums. Sie sind einmalig und ewig wie wir. Und sicherlich wolltest du sie nie wieder verlassen nachdem ihr Freunde geworden wart. Aber

selbst da warst du sterblich und starbst ins Erdenleben zurück, um die Susan zu werden, die du jetzt bist. Möchtest du immer noch, daß ich deine Elfe werde?"
„Ja liebe Elfe, bitte komm in mich herein, für immer!"

Sachte haucht meine Elfe ihren Atem über Susan hin. Hell leuchtet ihre kleine Gestalt im Sonnenlicht. Wie mich damals, über dem Meeresgrund, nimmt sie nun Susan in ihre Arme. Wieder erlebe ich diese unwirklichen Glücksgefühle, die nun in Susans Augen leuchten.

*

Unsere Elfe hat die Zeit wirklich angehalten und sogar etwas zurückgestellt. Wieder läutet die Glocke zu Mittag. Susan sieht mich an, „do you think we could now eat ordinary food, with all these wonderful feelings inside us?"
"glaubst du daß wir jetzt noch normale Nahrung essen können, wo wir doch all diese wundervollen Gefühle in uns haben?"

Nach dem Mittagessen müssen sich unsere Elfen trennen. Susan geht mit ihrer Elfe in eine Klasse, ich geh mit meiner Elfe in eine andere.
Physikunterricht: das Archimedische Prinzip. Was meine Elfe jetzt macht weiß ich nicht. Vielleicht schläft sie wieder, vielleicht liegt sie allein oder mit Susans Elfe zusammen auf dem daffodil hill. Das Archimedische Prinzip jedenfalls, scheint nicht von ihrer Welt zu sein.

Der Lehrer füllt eine Glasschüssel randvoll mit Wasser auf, und stellt sie auf eine Waage. 1163 Gramm. Nun sieht er uns mit einem verschmitzten Lächeln an. „You all have seen me fill this bowl with water up to the brim.

I´ll now lay this little boat in the water. Watch now! Do you see what is happening? Some of the water is spilling over the brim. But what is the weight of all this now? Is it more, or less, or just the same weight as before?"
"Ihr habt alle gesehen wie ich diese Schüssel bis an den Rand mit Wasser gefüllt habe. Jetzt werde ich dieses kleine Boot auf das Wasser legen. Obacht! Seht ihr was geschieht? Etwas Wasser fließt über den Rand ab. Was aber wiegt das ganze jetzt? Ist es mehr, oder weniger, oder das gleiche Gewicht wie zuvor?"

Von den englischen Wörtern des Lehrers habe ich nur wenige verstanden. Wenn meine Elfe bei mir gewesen wäre hätte sie mir ja alles übersetzen können. Aber etwas von ihr muß doch in mir geblieben sein. Obwohl ich seine Sprache eigentlich nicht verstehe krieg ich dennoch mit, was der Lehrer uns erzählt. Ein seltsames Gefühl ist das!
Da ist irgendwas, unsichtbar, wie in einem Nebel verborgen, und meine Augen durchdringen ihn dennoch so weit, daß ich zumindest ahne was es ist. Sowas wie ein Siebter Sinn, vielleicht ist es auch ein bisschen Elfe, heftet sich an den Klang der Worte, fühlt ihr Vibrieren, ihre Melodie, ertastet die Mimik, nimmt die Gestik wahr und verbindet alles zu einem Erkennen, das mich das eigentlich unverstehbare dennoch verstehen läßt. Dabei lerne ich mit Hingabe Wort für Wort und mit Begeisterung diese fremde Sprache.
Wie ein Geizhals Münze für Münze in seinen Geldbeutel sammelt, sammle ich jedes neugelernte Wort in mein Bewußtsein ein.
Ich kann kaum glauben, daß ich hier in einer Schule bin. Der Lehrer ist so, daß es sich anfühlt, als wenn er und wir Schulkinder Freunde sind. Wenn einer mal raus muß, fragt er nicht um Erlaubnis. Er geht still und selbstverständlich aus dem Klassenzimmer. Kommt einer zu spät, setzt er sich, und braucht sich nicht zu entschuldigen.

In der Pause begegne ich dem Deutschlehrer im Flur.
„Wie gefällt dir denn der Unterricht?"
„Er ist hier ganz anders als in Deutschland, und gefällt mir sehr."
„Auch in den meisten Schulen in England ist er anders als hier. Dartington Hall ist eine ganz besondere Schule. Hier dürfen die Kinder machen was sie wollen, und die Lehrerinnen und Lehrer auch. Auf die Idee, eine solche Schule zu gründen, ist als erster der schottische Lehrer A. S. Neill gekommen.
Im Gegensatz zu den prügelnden Paukern, liebte und achtete er die Kinder. Und die Kinder achteten und liebten ihn. Er gründete die erste Summerhill Schule die eine freie Schule wurde, wie diese Schule hier auch. Kinder, die hier Unfug machen, verlieren bald die Lust an ihren Streichen, weil sich keiner darüber aufregt. Und wer nicht in den Unterricht kommt findet das Schwänzen bald so öde, daß er ganz freiwillig wieder im Unterricht erscheint."
„Ich würde ja nie schwänzen, wenn ich nur hier bleiben dürfte!"
„Wir können deine Tante ja fragen ob du hier bleiben darfst, wenn sie wiederkommt."

*

Heute ist Aunty zurückgekommen. Die Tage hier, waren die schönste Zeit meines Lebens. Hier ist es sogar noch viel schöner als im Weberhof auf der Insel Juist. Mit den Lehrerinnen und Lehrern und Kindern hab ich mich so angefreundet, daß ich nun zu ihnen gehöre, und mich bei ihnen zuhause fühle wie noch nie in meinem Leben, und mir nichts sehnlicher wünsche, als hier zu bleiben. Allein die Vorstellung, diesen paradiesischen Ort wieder zu verlassen, zerdrückt mir das Herz.

Dann, Auntys Worte: „Reinhart, we will leave now." durchfahren mich wie ein eisiger Wind.

Mir bleibt nicht mal mehr Zeit, mich von den mir so lieb gewordenen Menschen zu verabschieden. Auch nicht von meiner Freundin Susan und unseren Elfen. Ich weiß nicht mal wo die gerade sind, und das Taxi wartet auf Aunty und mich, uns zur Landstraße zu bringen …

*

Die ganze Zeit, ob in einem Auto oder am Straßenrand, hab ich an Susan und ihre Elfe gedacht. Und an meine Elfe, die womöglich auch nicht mehr weg wollte, und bei Susan und deren Elfe geblieben ist.

Noch nie habe ich mich so verloren gefühlt. Ein kalter Wind hat einen heißen Traum hinweg geweht. Dartington Hall, in Südengland zwischen Torquay und dem Dartmoor, geht unter im Asphalt der Landstraße, die in den Norden führt.

Susan und unsere Elfen so fern, einsam und allein, wandern meine Gefühle über ein dunkles Land. Kahle Hügel, an deren steinige Hänge sich halbverdorrte Sträucher verloren ducken.

Dann verwandelt eine andere Landschaft meine Gefühle. Kraftvoll, wild und lieblich steigen Felswände- und Türme aus dem Cheddar Gorge in einen sonnigen Himmel auf. Üppiges Grün schmiegt sich in Spalten und Nischen der Felsen, wächst aus der Tiefe der Schluchten und sonnt sich in Sommerluft hoch über mir auf dem Rücken der Felsen.

Nie zuvor habe ich eine solche Landschaft gesehen. Aus Urzeiten scheint dieses Land hierher gekommen zu sein. Es trägt mich hinweg aus Zeit und Raum in eine Welt in der Dinosaurier, Flugsaurier und Riesenechsen leben.

Von dort in die Gegenwart zurück, holt mich ein dreieckiges Schild über der Tür eines großen alten Hauses mit der Aufschrift: Y H A , Youth Hostel Association.

Dieses Haus beherbergt eine Jugendherberge. Zwei Schlafräume gibt es dort, eine Toilette, einen Duschraum, ein Eßzimmer, einen Miniladen mit Vorräten wie Kartoffeln, Eier, Brot, Butter, Käse, Speck und Konserven und eine Küche in der sich längs einer Wand mehrere Gaskocher reihen. Herbergseltern sind keine zu sehen. Aunty jetzt auch nicht mehr. Doch in der Küche ist, außer den Pötten und Pannen im Regal, und Tassen und Tellern, noch eine junge Frau. Etwas ratlos sieht sie aus, wie sie da mit einer Bratpfanne in der Hand vor einem Gasherd steht. Jetzt sieht sie mich.

„Hallow, I´m Jenny."
„Hallow, I am Reinhart, how do you do?"
"Pretty bad. I want to fry me Bacon and eggs, but I´ve never done it before."
"Ziemlich schlecht. Ich möchte mir Schinken mit Eiern braten, aber ich habe das noch nie gemacht."
Sie hebt und senkt ihre Schultern und deutet hilflos auf den Gaskocher und die zwei Eier auf dem Tisch.

Aha! Sie weiß nicht wie das Gas angeht. Mit dem Anzünder sprüh ich von der rauen Reibefläche mit dem Feuerstein weißglühende Sternchen in das ausströmende Gas. Ein Feuerball pufft auf und läßt einen ruhig brennenden blaugelben Feuerkranz unter sich zurück.
Sogleich stellt die Frau ihre Bratpfanne über das Feuer. Ich nehme sie wieder runter.
„Erst muß Butter und Speck rein!"
„Hey, where do you come from?"
„Germany."
„Oh, I am American."

Als die dünnen Speckstreifen sich brutzelnd wellen, schlag ich die Eier am Pfannenrand an, breche sie über der Pfanne auf und lasse sie über den Schinken laufen.

Bei Tisch unterhält sich Aunty mit Jenny. Von dem Redefluß der beiden versteh ich nur, daß Jenny gerade aus Amerika gekommen ist, und daß wir zusammen mit ihr was unternehmen wollen.

Der Spaziergang nach dem Essen führt uns zu einem einsam gelegenen Gebäude. Es ist ein Museum am Rande einer Felswand, in der sich der Eingang zu einer Höhle befindet.
Im Museum begrüßt uns ein freundlicher alter Herr. Sehr viel älter jedoch sind die Knochen von Menschen und Tieren, die mit allem möglichen in Schaukästen zu sehen sind: alte vom Rost zerfressene Waffen. Münzen aus der Römerzeit. Tonschalen und Krüge. Werkzeuge, Pfeilspitzen, Messer und Schaber aus Knochen oder Feuerstein. Das alles hat Mr. Balch mit seinen Helfern in den Mendip Caves gefunden.
Die Pfeilspitzen aus Feuerstein finde ich ja ganz schön. Aber das andere alte Zeugs ... na ja. Und was Mr. Balch darüber erzählt, versuche ich gar nicht erst zu verstehen und sehe mir lieber das große Wandbild an.
Ein Mammut stürzt in eine Fallgrube. Angst und Verzweiflung in den Augen des Tieres, das nicht mehr fliehen kann, vor den wilden fellbehangenen Männern die ihn mit ihren Steinzeitspeeren bedrohen ... Jetzt liegen Knochen der Jäger und des gejagten Tieres in den Schaukästen friedlich beisammen. Viele tausend Jahre ist das nun schon her. Wie kann es nur sein, daß mir der Elephant jetzt noch so leid tut!?

Wie ein riesiges Maul gähnt uns der Höhleneingang des Wookey Hole entgegen, dessen Schlund sich weit hinten in der Finsternis verliert.

Da wollen wir rein? Aus dem dunkel dort wird uns wohl kein Höhlenlöwe mehr anspringen. Aber wer weiß schon, was dort auf uns lauert! Geister und Gespenster der Menschen und Tiere, die dort vor langer Zeit gelebt haben? Unheimlich und gruselig ist es wohl in der Tiefe des Berges in die diese Höhle führt. Dennoch würde ich ja allzu gerne wissen ... nacheinander gehen jetzt Lampen an, und beleuchten – tatsächlich – Geisterland!

Als wäre ein Winter zu Stein erstarrt, hier unten im Berg. Wie Eiszapfen hängen die Tropfsteine von der Felsdecke herab. Bunt glitzernd. Überall. So weit das Auge reicht. Vom Grund eines Sees und vom steinigen Höhlenboden wachsen ihnen Zapfen entgegen, haben sich oft schon zu schlanken Säulen mit ihnen vereint. Steinfalten wachsen wie riesige Fächer aus den Höhlenwänden, hängen von hohen Gewölben herab.

Mr. Balch führt uns am Ufer des Sees entlang zu einem Bach, dem ich weiter in die Grotte folge. Dabei entfernt sich Mr. Balchs Stimme. Dann nur noch das Murmeln des Baches und das leise klingen fallender Wassertropfen.

Doch in den Schatten dort, ist da nicht leises Geflüster? Sind da nicht dunkle Gestalten, halb Mensch halb Tier? Hinter der Frau die sich über einen schwarzen Vogel beugt? Ist, als wenn Geister aus Urzeiten hier zu Hause sind.

Wie ein zu Stein erstarrter Wasserfall, der eben noch aus der kleinen Schlucht dort herunter strömte, sieht das Gebilde aus, das an einem großen, runden, mit Wasser gefüllten Steintopf vorbeizufließen scheint.
Aus dem stillen Wasser schaut mein Gesicht mich an, und ... das meiner Elfe.

„Liebe Elfe, ich hab dich so vermißt! Wo warst du nur die gan......" pling ... fällt ein Wassertropfen ins Elfengesicht, über das ein kleiner Wellenring hinweg gleitet.

„Reinhart," sie lächelt, runzelt ein wenig die Stirn, „du weißt doch, daß ich immer bei dir bin, auch dann, wenn ich mich verstecke, vor Menschen, die ich nicht ertragen kann, oder einschlafe wenn sie mich langweilen."

Dieser, auf dem Felsgrund gewachsene Steintopf war schon hier, als es mich noch lange nicht gab. Wo, und was, bin ich da wohl gewesen? Meine Elfe lächelt in sich hinein, als suche sie dort eine Antwort auf meine Frage.

„Das ist ein so tiefes Geheimnis, daß es mit Menschenverstand nicht zu begreifen ist. Vielleicht waren wir, du und ich, schon einmal in dieser Höhle, als es diesen Steintopf noch gar nicht gab. Nur haben wir beide das längst vergessen. Ich bin ja schon seit Urzeiten deine Elfe und immer in dir gewesen, ganz gleich, in welcher irdischen Gestalt du gerade unterwegs warst.

Du denkst wir sind uns da unten am Meeresgrund zum ersten Mal begegnet? Ich war schon immer bei dir, hab nur darauf gewartet daß du mich endlich siehst, und fühlst, und mit mir sprichst.

Dann, als du von mir geträumt hast, hast du endlich gewußt, daß ich deine Elfe bin. Vor unseren unzähligen Erdenleben waren wir weit, weit da draußen im Weltall bei den Sternen, und haben in der Unendlichkeit gebadet, im Weltenseelenmeer, im ewigen Werden und Vergehen."

„Elfe, was machen wir jetzt?"

Die sich nähernde Stimme von Mr. Balch beunruhigt mich. Ich will nicht daß meine Elfe, wenn die drei erscheinen, gleich wieder verschwunden ist.

„Wir könnten wegfliegen, als Libelle vielleicht, oder als Flugsaurier."

„Schnell, liebe Elfe, verwandle uns!" …

Mit heiserem Schrei, breite ich meine Flügel aus. Sie sind ja viel zu lang, stoßen an Wände und Säulen.
„Kannst du uns nicht doch lieber in eine Libelle verwandeln? So kommen wir nie hier raus!"
„Nur ruhig! Falte deine Flügel wieder zusammen, und laß uns mal zu Fuß nach draußen gehen."

Wenn die uns dann sehen! Ich nehme all meinen Mut zusammen, und geh langsam auf Mr. Balchs Stimme zu. Der kommt uns jetzt mit Aunty und Jenny hinter Säulen hervor entgegen.

Ich bin ja so aufgeregt! Laut klappern die vielen Zähne in meinem langen Schnabel aufeinander.

„Listen!" sagt Jenny und sieht zu uns her. „D´you hear that rattling sound?"
"Horcht! Hört ihr das klappernde Geräusch?"

Die drei bleiben stehen und horchen angestrengt. Nun halte ich meinen Schnabel fest geschlossen. Zittere aber mit den Flügeln, daß es sich anhört, wie rascheln im Laub.
Mr. Balch greift sich an den Bart: „It´s somewhat weird, I´ve never heard sounds like that in here before!"
"Es ist irgendwie unheimlich, ich habe nie zuvor hier drinnen solche Geräusche gehört."

„Elfe, die sehen uns ja gar nicht!"
„Natürlich nicht ... die werden nur sehen, was du von dir da oben an dem Topf zurückgelassen hast. Wir können getrost an ihnen vorbeigehen."

So leise wie möglich, versuche ich an den immer noch lauschenden vorbei zu schleichen. Doch läßt sich ein leises flügelrascheln nicht vermeiden, und ein kratzendes Geräusch meiner Krallen auf dem Steinboden auch nicht.

„There´s something close by."
"Da ist irgendwas nahe bei." flüstert Jenny und bekommt eine Gänsehaut.

„Whatever it is, I can hear it and I feel it move t´wards us."
"Was auch immer es ist, ich kann es hören und ich fühle wie es sich auf uns zu bewegt."

Ein Schrei: „there!" „dort!"

Zwei, drei Schritte neben ihr, nahe der Höhlenwand, stoße ich mit dem Kopf an dünne Zapfen die klingend zu Boden fallen.

Schreckensbleich, erstarrt, die drei Gestalten neben mir.

Schnell, wie der Wind, laufe ich nun mit meinen langen Beinen auf den Höhlenausgang zu, begrüße das Tageslicht mit jauchzenden Trompetentönen und breite meine Flügel in die Sommerluft.
Langsam schwingen sie auf und ab – ruhen im warmen Aufwind, der mir über Gesicht, Körper und Flügel streichelt. Nie habe ich geahnt wie schön es ist solch ein fliegender Saurier zu sein. Schwerelos schwebend trägt uns die warme Luft in weiten Kreisen hoch und höher über das Land.

Vor der zerklüfteten Küste, breitet sich grünblau das Meer. Tief unter uns; Wälder, Wiesen, Schafe, Kühe, Pferde, mal ein Mensch. Dünn, wie ein Wurm, schlängelt sich eine Straße durchs Land. Ein nie gekanntes Gefühl der Freiheit; über alles kann ich hinwegschweben, überall hinfliegen.
Die ganze Welt liegt mir zu Füßen. Und niemand kann mich erreichen, mich gängeln, was von mir wollen. Ganz allein sind wir hier oben, mit den Möwen und Schwalben und ... weit weg, dort, hoch über dem Berg, ein glitzern in der Sonne. Leises brummen, wird lauter, kommt direkt auf uns zu. Gleich ist es da.

„Reinhart, der sieht uns Unsichtbare doch nicht!"
Strecke meinen Hals, senke den Kopf, wir gleiten abwärts, schneller und schneller – die gespannte Haut meiner Flügel beginnt zu flattern, daß es schmerzt. Über uns hinweg, lautes brummen, verliert sich in der Ferne …
Daß Freiheit so gefährlich sein kann! Und doch ... wir können ja zu Susan fliegen!
„Elfe, wollen wir?"
„Ja, Susan, wenn wir der Straße folgen" …

Von weitem schon, sehen wir einen kleinen hellen Fleck im Grün des daffodil- hill. Jetzt bewegt er sich, sieht aus wie Susans kleine Gestalt. Sie winkt. Ist es möglich? Hat sie uns erkannt?

Verträumt hat Susan im Gras gelegen. Nun glaubt sie wirklich zu träumen, als sie einen riesengroßen Vogel auf sich zufliegen sieht. Noch kann sie ihn nicht deutlich erkennen. Noch ist er zu weit weg. Doch weiß sie, daß, je größer ein Vogel ist, desto langsamer sein Flügelschlag.
Und diese Flügel ... was ist denn das? Bin ich in einem Märchen? Das ist doch gar kein Vogel – sieht ja aus wie ein Drache – das da angeflogen kommt!

„Elfe, schau mal was da fliegt, das kann doch nicht wirklich ein Drache sein?"
„Susan, denk an Reinharts Elfe, und daß sie zaubern kann!"

Geschwind huscht unser Schatten über eine Wiese, Baumkronen, ein paar Pferden, die aufgeschreckt über die Koppel galoppieren hinweg auf Susan zu.
Der Flugwind surrt und pfeift an den Krallen der Klauen und meiner Flügel. Rasender Flug. Zur Landung zu schnell segeln wir aufwärts über Susan hinweg, schweben in großem Bogen langsam auf den daffodil hill zu, und landen vor Susan im Gras.

Etwas verlegen, ich seh ja wohl sehr merkwürdig aus, senke ich meine ausgebreiteten Flügel aufs Gras. Die sind ja so lang, daß sie auf beiden Seiten des Hügels den Hang noch einige Schritte hinab reichen. Auf ihrer Oberseite schimmern sie grünlichblau, wie das Meer. Unterwärts leuchten sie hellblau. Die hornigen Schuppen auf meinem Kopf schillern rot – grün – blau um meine goldgelb leuchtenden Augen. Hellgrau die haarig- schuppige Brust und Bauch, und rot – grün gesprenkelt, der Rücken.

Susans Finger tasten über mein Gesicht. „My God, are you beautiful!"
Ich trau mich nicht, meinen Schnabel mit den vielen Zähnen zu öffnen, um zu sprechen. Wahrscheinlich sind da sowieso nur Trompetentöne drin.
Doch bei meinem Gedanken: „Du bist es, die so unglaublich schön ist!" entstehen, ganz von allein, zarte, leise Töne.
Susan hat alles verstanden. Ein zarter Kuß auf meine Nase.
Mir ist, als würde ich Susan jetzt erst richtig sehen, und weiß nicht mehr so recht, was ich denn bin, und höre Susan sagen:
„You are the most beautiful living being in this World. I wished I were like you!"
„Du bist das allerschönste Lebewesen in dieser Welt. Ich wünschte ich wäre wie du!"

„Elfe, hast du das gehört?"
„Ja, und Susans Elfe auch, siehst du?"

Da steht Susan nun vor mir, in ihrer ganzen wilden Saurierschönheit ...

Wir brauchen nichts zu sagen, wissen auch so, was der andere denkt: Weit zurück? In die Saurierzeit? Oder an den Ort, an dem wir schon einmal Freunde gewesen sind?

Einige schnelle Schritte hügelab. Sanfter Flügelschlag trägt uns hoch und höher über das Land.

Als wir, meine Elfe und ich, auf den daffodil-hill zuflogen, war ich wohl noch Mensch, und erst ein klein wenig Saurier geworden, glaube ich. Doch jetzt, wo wir hoch über der Menschenwelt dahinfliegen, lösen sich Bilder aus Sonnennebeln – wie Erinnerungen an eine uralte Welt.
Eine Welt, in der es noch keine Menschen, das Böse noch nicht gibt. Jeder frißt jeden, ja. Hunger regiert. Kämpfe überall. Ums Überleben, die Kinder zu schützen, den Gefährten nicht zu verlieren.
Gewalt, nicht um zu quälen, zu demütigen. Nur der Liebe wegen zum Gefährten, den Kindern und sich selbst.

So liegt Friede über einer Welt des Werdens und Vergehens, und des Seins. Ein seltsames Gefühl der Zufriedenheit. Verheißungsvoll wie der Duft einer Rose, des Regens – der Anblick der Höhle dort – in dem Felsen über dem Meer von wo uns leise fiepende Laute begrüßen.
Mühsam richten sich die Kleinen auf in ihrem Nest, sperren uns hungrig ihre kleinen Schnäbel entgegen. Heiser piepsend. Lappige Flügelpaare wedeln bettelnd. Augenpaare blicken besorgt: „Krieg ich auch was ab?!"

Gibt es schöneres, als diese kleinen Geschöpfe zu Füttern? Das dankbare Leuchten in ihren Augen zu sehen, ihrem glücklichen Singsang zu lauschen bis sie sich aneinander kuschelnd niederlegen, ihre Augen schließen, sich noch eine Weile leise flüsternd unterhalten bis sie eingeschlafen sind?! Gibt es glücklichere Eltern als wir es jetzt sind? Wir, die wir unseren Elfen so nah sind, daß sie uns führen können, überallhin? Auch in eine Zeit in der Susan und ich einmal glückliche Eltern gewesen waren …

Tief dort unten, die alte Hansestadt an der Elbe, in der einst die Pfeffersäcke das Sagen hatten. Oft schon haben sie Klaus Störtebeker, den Freibeuter und Wohltäter notleidender Menschen, fangen wollen. Doch der war vor ihnen sicher auf seiner Kogge „Bunte Kuh".

Als die Hamburger die „Bunte Kuh" wieder einmal vergeblich verfolgt hatten, ersannen sie eine ehrlose List: sie ließen des Nachts einen Mann zur „Bunten Kuh" schwimmen, und um Hilfe rufen.

Störtebekers Leute retteten den Mann aus vorgetäuschter Seenot an Bord. Der goß Pech in die Ruderanlage. Das Ruder saß fest und das Schiff ließ sich nicht mehr steuern. So konnten die Hamburger die „Bunte Kuh" kapern und Störtebeker und seine Männer gefangen nehmen.

Sie alle sollten nun geköpft werden. Störtebeker befahl seinen Männern, sich in einer Reihe aufzustellen. Dann nahm er dem Hamburger Bürgermeister Kersten Miles das Versprechen ab: allen seiner Männer, an denen er ohne Kopf vorbeilaufen würde, das Leben zu schenken. Störtebeker lief, ohne Kopf, an elf seiner Männer vorbei, bis ihm ein Hamburger ein Bein stellte …

Die Hamburger Pfeffersäcke haben ALLEN Gefangenen die Köpfe abgeschlagen. Nun liegt die Stadt in Trümmern … ehrlos, wie sie immer schon gewesen ist … und ich brauche Gott nicht einmal mehr zu fragen, warum …

*

Wir: Elfe, Elfe, Sauriersusan und ich landen auf der Mauer über der Sandkiste, bei der ich damals mit Erika Marmeln gespielt hatte. Da, wo das Haus stand in dem sie die Bombe traf, ist immer noch ein Trümmerfeld.

Hinter dem Fenster gegenüber, unter dem Giebel, sehe ich Opa an seiner Drehbank werkeln.

Ich winke ihm zu, mit meinen Flügeln, doch er sieht mich nicht. Vielleicht denkt er ja gerade an mich.

An damals, als wir da oben in seiner Werkstatt aus Messing eine Kanone gebaut haben. Als die fertig war, sah sie wie eine richtige Kanone aus.

In einem Mörser haben wir dann Salpeter mit Holzkohle zu Pulver zerrieben. Hätten wir den Schwefel gleich mit reingetan, hätte alles explodieren können. Den zermörserten Schwefel haben wir dann vorsichtig beigemengt.

Jetzt war das Schwarzpulver fertig. Einen Teelöffel voll schütteten wir in das Kanonenrohr, füllten auch die Pfanne, pfropften eine Papierkugel in den Lauf und zündeten das Pulver in der Pfanne an. Es verbrannte schnell. Dann zischte ein qualmender Feuerstrahl aus dem kleinen Loch in der Pfanne und ... bumm flog die Papierkugel durchs Zimmer. Das bumm war ja schon ganz schön, aber ... ich hab dann zwei Löffel Pulver in die Kanone gefüllt, ein rundes Holz mit dem Hammer ins Rohr getrieben, das Küchenfenster weit aufgemacht, die Kanone auf die Fensterbank gestellt und Opa reingeholt, der ja auch seine Freude haben sollte. Diesmal zischte es lange, und dann ... bumm, klirr, klatsch! Was war geschehen?

1. Die Kanone ging los, sehr laut!
2. Gegenüber ging eine Fensterscheibe zu Bruch.
3. Das war das Mal wo Opa mir eine gelangt hat.

Doch tat es ihm gleich leid: „Junge, das wollte ich doch nicht, hab mich nur so erschrocken. Tut mir auch leid!"
Opa war ganz verlegen. Nun tat er mir leid. Er schämte sich für das was er getan hatte.

Das war damals. Jetzt tragen uns unsere Flügel über die Trümmerstadt. Vor dem Alsterpavillion entdecken wir einen Landeplatz neben dem zwei Frauen stehen, die wohl in ein Gespräch vertieft sind. „Huch!", ruft die eine als wir neben ihnen landen. „wo kommt dieser Wind denn plötzlich her?" Sie schaut sich um, sieht aber nur die zwei Tauben die einträchtig über den Asphalt trippeln.

„Frau Busse, ich sage ihnen, die scheißen unser schönes Kriegerdenkmal voll, und gurren so laut, daß man nicht mehr richtig denken kann. Denen ist nur noch mit Giftweizen beizukommen."

„Sie sagen es, Frau Hoffmann, die sind die reinste Landplage."

So viele Bomben, und die haben immer noch nichts gelernt!
Na ja, die nächste Bombe ... sie wird aber auch alle Tauben töten ...

Wir alle, auch unsere Elfen, bekommen eine Gänsehaut beim Gedanken an diese Bombe, und diese beiden Frauen, und wünschen uns weit weg von hier, zurück in unsere Saurierwelt.

*

Keiner weiß wie viel Zeit vergangen ist, seit wir uns vom daffodil-hill in die Lüfte erhoben hatten. Nun fliegen wir auf ihn zu. Susans irdischer Leib wartet dort auf sie. Allein mach ich mich nun auf die Suche nach meinem Menschenleib, der bestimmt nicht mehr bei dem Topf in der Höhle auf mich wartet. Aber wo kann der nur sein? Sicher ... oh nein!, sicher bei Aunty.

„Liebe Elfe, weißt du wo unser Erdenleib jetzt ist?"
„Ich weiß es nicht", sie rümpft ihre Nase. „und will es auch nicht wissen!"

Kann es sein, daß sie mich anflunkert, daß sie es doch weiß?
„Erzählst du mir auch keine Märchen, Elfe?"
„Du hast mich ertappt! Aber sei ehrlich; ist es dir denn lieber bei
Aunty als bei mir zu sein?"
„Lieber würde ich dich sogar heiraten als Aunty nochmal zu se-
hen, und Susan und ihre Elfe dazu, auf der Stelle, jetzt, sofort!
Warum geht das nur nicht!"

*

Es ist wie verhext. Weiß nicht, wie ich hier reingekommen bin
und auch nicht, wie ich hier wieder rauskommen soll.
Na ja, das hab ich jetzt nur so gesagt. Von sollen kann ja gar
keine Rede sein, das sagt man nur so.
Die Sprache macht eben was sie will – wer sagt denn, daß ich
hier raus soll? Keiner, außer der Sprache. Die sagt eben einfach: soll, und meint damit: wie mach ich das bloß? Ja, ich will
hier raus! und könnte das auch, könnte einfach die Tür öffnen
und rausspringen – aus dem fahrenden Lastwagen. Aber das
geht eben nicht. Neben mir sitzt Aunty, und ich muß neben ihr
sitzen bleiben. Das verlangt das Protokoll, oder so, oder, ich
weiß nicht was.

Eine Scheißlage jedenfalls! Rumpeln in einem kleinen Laster
auf einer schnurgeraden Straße über ein Moor hoch oben in
den schottischen Bergen zwischen Irgend- und Nirgendwo.

Weit vor uns, ein Auto. Das erste Auto seit Stunden, in dieser
einsamen Gegend. Es biegt ab in eine Straßenbucht. Dort wartet es auf uns. Für zwei Autos ist nicht Platz auf dieser kleinen
Straße. Als wir vorbeifahren grüßen wir alle, nur meine Elfe
nicht, die schläft schon eine ganze Weile. Am liebsten würde
ich auch schlafen, und träume mich zurück in unsere
Saurierwelt.

Möwenstimmen: Schreie, Rufe, gaggern, langgezogenes sehn-
suchtsvolles Klagen ...
„Elfe, was sagen die ..." wo ist sie nur?!, im Meereswind?, im
Duft von Salz und Tang?, im Rauschen der Wellen am Strand?

Möwen um und über mir, segeln lachend zur Bucht. Kleine
Steinhäuser, am Felshang verstreut, aneinander gedrängt in
den Gäßchen, bis hinab zum Ufer der Meeresbucht.
Kleines verschlafenes Dorf – weltvergessen, heimelig. Viele
Steinstufen hoch, am Hang, ein etwas größeres Haus. Fenster
zum Meer hin, die Rückseite hart an den Fels gelehnt. Holzfeu-
er im Kamin. Alter Mann im Korbsessel starrt in die Flammen,
blickt auf.
„You´re welcome", begrüßt er mich, „where do you come from?
Sit yourself if you will."
"Du bist willkommen, wo kommst du her? Setz dich doch wenn
du möchtest."
Ich möchte, setz mich zu ihm in einen Lehnstuhl ans Feuer und
sage ihm, daß ich aus Deutschland bin. Darauf richtet er sich in
seinem Sessel auf und sagt: „You are very welcome!"
„Du bist sehr willkommen!"

Die Schotten mögen die Engländer nicht besonders, und heißen sie nur aus Höflichkeit willkommen. Sie, die Jahrhunderte
ihre Feinde waren; tückisch und grausam. Mordend und sen-
gend, raubend und plündernd fielen sie immer wieder ein in ihr
Land.

Wir, meine Elfe und ich, mögen diesen alten Mann. Sie ist wieder da, und so versteh ich alles was er sagt:

„Ein ewiges Feuer ist das hier, ist nicht ausgegangen seit mehr
als hundert Jahren. Als ich hier zur Welt kam war es schon viele Jahre alt. Solche Feuer gibt es bei uns in Schottland noch.

Uns sind alte Feuer heilig. Stell dir nur vor, daß kein Mensch mehr auf dieser guten alten Erde wandelt, der damals schon lebte, als dieses Feuer angezündet wurde. Alle sind sie tot. Nur das Feuer hier, das lebt noch."

Ich fühle mich gleich zuhause bei diesem heiligen Feuer, und dem alten Mann, der vor mir sitzt in seinem buntkarierten Faltenrock, ab und zu an seiner kalten Pfeife zieht und mich wohlwollend, fast liebevoll, betrachtet.

„Magst du das Meer?"

Ein kleines Leuchten in seinen Augen. Ich nicke.

„Hast du Lust auf eine Bootsfahrt mit mir?"

„Ja, sehr!"

„Mit etwas Glück ... na, das verrate ich noch nicht!"

Das Kaminzimmer ist recht groß. Es ist wohl der Raum, in dem man beieinander sitzt, abends, um das Feuer. Das Licht der Fenster fällt auf einen langen Eichentisch. Von der Sandsteinwand, über dem Kamin, drohen zwei gekreuzte Schwerter und große, alte Gewehre.

Oder versprechen sie Schutz, Schutz vor Feinden, vor unseren Feinden? Vor Aunty und ihrem Bären von Mann? Vor denen, die aus einem Barbaren einen Gentleman machen wollen?

Vor denen mich schützen, kann das ehrliche alte Eisen da oben wohl nicht. Das können nicht einmal gute Geister und Feen, uns vor deren bösen Geistern beschützen. Gegen die ist noch kein Kraut gewachsen.

Gegen ihre Macht über mich als Erziehungsberechtigte, und die Macht ihres Geldes, von dem ich ja, Gott sei´s geklagt, abhängig bin wie eine Pflanze von Licht, Luft, Wasser und Erde.

Aunty hat eine Macht über mich, eine böse, unheimliche, gespenstische Macht, mit der sie mich schwach und klein zu kriegen droht.

Ich könnte aufgeben, zurückkehren zu meinen Eltern und Geschwistern.

Aber die kennen mich ja auch nicht, haben mich nie wirklich gekannt. Da bleib ich lieber in Feindes Land, und stelle mich dem ungleichen Kampf.

Es wird, das weiß ich schon, sehr bitter sein. Die Fronten sind da, aber ungeklärt, und hinterhältig, heimtückisch, unsichtbar.

*

Die Tür geht auf. Aunty kommt herein, und Jenny, die Amerikanerin. Sie haben Sandwiches und Tee mitgebracht, und werden von dem alten Mann begrüßt:

„You are welcome, ladies!"

„Pleased to meet you, sire!"

"Ihr seid willkommen, ladies!"

"Freue mich ihnen zu begegnen, sire!"

Aunty und Jenny decken den Tisch, und laden den alten Mann zu Tee und Sandwiches ein. Die beiden Ladies reden viel und fragen dem armen Mann Löcher in den Bauch. Der verliert kaum ein Wort, nickt mal zustimmend oder schüttelt den Kopf — schwer zu sagen ob als Antwort auf eine ihrer Fragen, oder über sie oder beides. Nun lädt er, das darf doch nicht wahr sein, auch sie zu der Bootsfahrt ein …

*

In dem kleinen Hafen wartet ein geklinkertes Ruderboot auf uns. Wir steigen ein und setzen uns. Die beiden Ladies auf die Bank im Heck, ich auf die im Bug und der alte Mann auf die in der Mitte des Bootes.

Bedächtig zieht er die langen Ruderblätter durchs Wasser. Das Boot gleitet sanft schaukelnd durch die Wellen der Bucht, die weit da hinten ins Meer mündet.

Seltsam klein fühle ich mich hier auf dem weiten Wasser der Meeresbucht. Auf den Wellen glitzern, tanzen Sonnensterne. Meine Gedanken wandern über die Sonnenstraße hin, zu den Schatten, welche die Hügel über zerklüftete Felshänge herab, auf dunkles Wasser werfen.

Buntes Sonnenleuchten erglüht auf Wellenrücken, gleitet hinab, versinkt ins Meer.

Wie aufleuchtendes Leben, das nur einen Augenblick in die Welt schaut, gleich wieder vergeht – und immer wieder neu entsteht.

Geheimnisvoll und schön wie die Augen einer Nixe?

Sind ihre Haare wirklich grün wie die Pflanzen im Meer, oder rot wie die Sonne, wenn sie untergeht?

Ob sie wohl auch so duftet, wie das Meer? Und wenn sie spricht, hört es sich vielleicht an, wie das Glucksen der Wellen am Bug unseres Bootes, oder das Singen des Windes in den Weiden?

Was machen denn die vielen Möwen dort? Der alte Mann hat sie auch schon bemerkt, drehte sich nach ihnen um, als er ihre aufgeregten Stimmen hörte, und steuert nun auf sie zu.

„We´re lucky", sagt er verheißungsvoll lächelnd. „we´ll meet my friends, the dolphins!"

„Wir haben Glück, wir werden meinen Freunden begegnen, den Delphinen!"

Die Möwen kreisen über dem Wasser, stürzen hinein, verschlingen ihre Beute, fliegen auf und kreisen weiter über der Stelle, um sich erneut auf einen kleinen Fisch zu stürzen.

Nun springen dort ein, zwei, drei Fische, so groß wie ich, aus dem Wasser und tauchen kopfüber wieder ein. Sollten sie die Freunde des alten Mannes sein? Kann mir nicht vorstellen daß Fische mit ihm befreundet sind.

Langsam nähern wir uns der Stelle, an der die Delphine gesprungen waren. Wir haben sie noch nicht erreicht, als sich neben dem Boot ein schlanker Fischkopf aus den Wellen hebt, pfeift und knarrt und zu dem alten Mann aufsieht. Der streckt seine Hand nach ihm aus, sagt: „Hallo my love!" und streichelt sein Gesicht.

„Elfe, hast du wieder gezaubert?"
Nein, Elfe hat nicht gezaubert, auch nicht wo jetzt mehrere Delphine auf das Boot zuschwimmen, einzeln und in Paaren aus den Wellen hoch in die Luft schnellen und kopfüber zurück ins Wasser klatschen, daß nasse Schauer über uns sprühen.

Jetzt, ich kann es wirklich nicht glauben, erhebt sich ein Delphin direkt neben mir hoch aus dem Wasser, neigt seinen Kopf zu mir her, betrachtet mich und sagt etwas mit pfeifender Stimme zu mir.
„Bist du schön!" Vorsichtig tastet meine Hand über sein Gesicht. Es fühlt sich so angenehm vertraut an, daß es wirklich nur ein Traum sein kann.
Knarrend spricht er wieder zu mir: „Komm zu uns ins Wasser, komm, schwimm mit uns ins Meer!"
Wo es DOCH alles nur ein Traum ist, kann ich das ja ruhig mal machen.
So sehr ich mich danach sehne mit diesen bezaubernden Geschöpfen davon zu schwimmen, halte ich mich krampfhaft an der Ruderbank fest, um nicht doch noch zu ihnen in die Wellen zu springen. Für alle Fälle. Man kann ja nicht wissen – vielleicht ist es ja doch kein Traum!

*   *   *

Nottingham. Wie Hamburg mit Klaus Störtebeker hat auch Nottingham mit Robin Hood, seine unrühmliche Geschichte. Die vergessen wir aber lieber. Es gibt auch so schon genug Unerfreuliches in dieser Welt – wie die Abende „zuhause", bei Aunty und Uncle, an denen ich ohne meine Elfe auskommen muß – wie auch in der Schule, mit der sie nichts zutun haben will.

Der Schulunterricht, na ja, aber Sport macht mir richtig Spaß. Am meisten das Boxen. Da kommt es darauf an, die Angst vor dem Gegner zu überwinden, zu spüren, was er denkt und fühlt und genau zu erkennen, was er im nächsten Augenblick machen wird. Das hab ich schnell gelernt, und eine gute Deckung zu halten auch.

*

Amber Valley School – ein Internat. Amber Valley – Bernsteintal – hört sich so golden leuchtend verheißungsvoll an, daß ich der Reise dorthin entgegenfiebere. So schön wie in Dartington Hall wird es dort gewiß nicht sein. Aber Hauptsache weg von „Zuhause!"

Braungelber Seesack. Da paßt alles rein: Turnhose, Turnschuhe, Handtücher, Pullover, Zahnbürste, Pyjama, Unterhose und was man noch so alles braucht. Gepackt!

Warten auf den Bus. Wo bleibt der nur! Endlich!

Bin wohl der letzte, den der Bus eingesammelt hat. Alles voll. Lauter Jungen und Mädchen, ausgelassen wie in Urlaubstimmung. Überall Taschen, Rucksäcke, Koffer und ein Seesack.

„Are you bount to Sea?" fragt ein Junge der mit seinem Rucksack eine ganze Sitzbank einnimmt.
„Willst du auf See?"
„Sure, shift your arse a bit!"
"Na klar, rück deinen Arsch mal was!"

Erst will er aufmucken, dann rückt er doch zur Seite und sagt:
„I am Jimmy, and you?"
"I am Reinhart."
"It´s an odd name, I´ve never heard it before."
"Das ist ein ausgefallener Name, den habe ich noch nie gehört."
„It´s a German name."
"Es ist ein deutscher Name."
„Why that?"
„Wie kommt das?"
„Because I am German."
„Weil ich deutscher bin."
Zwei Mädchen, auf der Bank gegenüber, haben zugehört und stellen sich jetzt auch vor: „I am Pam." sagt die eine mit gewinnendem Lächeln. „I am Gladys." fügt die andere schüchtern hinzu.

Eine Weile gehen unschlüssige Blicke zwischen uns allen hin und her, als ob jeder etwas sucht, das er nicht finden kann. Dann schlägt Pam vor: „Let´s us all become friends." „Laßt uns alle Freunde werden."

Pam hat das Ruder in der Hand, und Jimmy eine gute Idee: er kramt einige Comic Hefte aus seinem Rucksack. Endlich kommt eine Tüte mit der Aufschrift Liquorice All Sorts zum Vorschein. Hab ich noch nie gesehen; lauter bunte Bonbons, eckig, rund, verdreht … ladies first. Jimmy läßt Pam und Gladys in die Tüte greifen, aus der sie zielsicher ihre Bonbons raus fischen. Ich nehme mir einen, der wie ein doppeltes Sandwich aussieht. Der „Aufschnitt" ist Lakritz, das „Weißbrot" blumig süß. Als wir in der Amber Valley School ankommen ist die Tüte leer.

So hab ich mir Amber Valley School nicht vorgestellt. Sie erinnert mich an ein Barackenlager. Lange dunkelbraune Holzgebäude an einer großen Rasenfläche.

Zufahrt zur Amber Valley School, mit Bienenhäusern am Weg

Am Bus begrüßt uns der Schulleiter, in Begleitung einer Lehrerin und eines Lehrers. Der Schulleiter wirkt steif, sieht streng aus und bemüht sich vergeblich, uns freundlich zu begrüßen: „Welcome to Amber Valley School! Miss Hawthorn is one of the teachers for the girls, Mr. Smith is teacher for the boys. They will now show you the dormitories, where you can store your luggage."

"Willkommen in Amber Valley School! Miss Hawthorn ist eine der Lehrerinnen der Mädchen, Mr. Smith ist Lehrer der Jungen. Sie werden euch jetzt eure Schlafräume zeigen, wo ihr euer Gepäck verstauen könnt."

An den Längswänden unseres Schlafsaales reihen sich zweistöckige Betten. Ich teile mir mit Jimmy ein Bett, so ziemlich in der Mitte des Saales. Er nimmt das Bett unten, ich das oben.
Nachdem wir unsere Sachen in den Spinden verstaut haben, geht Mr. Smith mit uns in das größte Gebäude des Internats. Es beherbergt die Küche und den Speisesaal, in dem so viele lange Tische stehen, daß an die dreihundert Schulkinder an ihnen sitzen Können.

Mr. Smith begleitet uns zur Ausgabe, wo wir unser Abendbrot empfangen.
Mit etwas Verspätung kommen nun auch die Mädchen. Pam und Gladys und noch ein Mädchen, setzen sich uns gegenüber an den Tisch.

„I am Jean." sagt die neue so leichthin. Hört sich an wie: ich kann auch nichts dafür, daß ich so schön bin.

Na ja, etwas Verführerisches kringelt sich in ihren Locken, versteckt sich in ihren Mundwinkeln, lockt lächelnd in ihren Augen. Dabei ist sie mager wie eine Ziege im Winter.

„I am Reinhart." sage ich auch, als ob ich nichts dafür kann.

Jean, wie eine Iris, denke ich. Spärlich gewachsen – die kleine Blüte tiefviolettblaues Leuchten.

Gladys? Ganz das Gegenteil: Etwas rundlich, schüchtern, eine graue Maus wenn sie nicht so groß wäre, oder eine welke Butterblume vielleicht.

Pam? Ein ganzer Blumengarten! Na meinetwegen nur ein Blumenstrauß. Ganz gewiß aber – wenigstens die Blüte einer Schwertlilie – ohne Schwert. Jedenfalls hab ich mich gleich ein bisschen in sie verguckt, schon im Bus, und denke so bei mir, daß ich sie gernhab.

Sie muß meine Gedanken gelesen haben! Oh ist das spannend! Sie lächelt zurück. Dann senkt sie den Blick, ganz etwas nur. Nun haben wir ein schönes Geheimnis.

Mr. Smith hat uns in unseren Schlafraum bestellt, und macht uns mit den Ver - und Geboten der Schule bekannt.

Verbot Nr. 1
Keiner darf das Schulgelände ohne Aufsicht durch eine Lehrkraft verlassen.

Verbot Nr. 2
Die Unterkünfte der Mädchen dürfen von Jungen nicht betreten werden, und umgekehrt.

Gebot Nr. 1
Nach dem Abendessen wird warm geduscht.

Gebot Nr. 2
Um 20^{00} Uhr geht jeder ins Bett. Aufstehen darf, wer an einem Boxkampf teilnehmen möchte.

Gebot Nr. 3
Um 22^{00} Uhr ist Bettruhe und das Licht wird ausgeschaltet.

Gebot Nr. 4
Bei nächtlichem Feuerprobealarm muß sofort, draußen vor der Tür, angetreten werden.

Gebot Nr. 5
Um 6 ½ Uhr ist Wecken.
Um 7^{00} Uhr gibt es Frühstück.
Um 8^{00} Uhr fängt der Unterricht an.

„Es gibt schlimmeres." versucht Mr. Smith uns zu trösten, als er unsere betretenen Gesichter sieht. „Bei der Armee zum Beispiel geht es noch ganz anders zu."
Ein schwacher Trost! Aber Mr. Smith ist wenigstens ganz nett. Und die Aussicht abends boxen zu dürfen, gleicht das alles fast schon wieder aus.

Mathe, Englisch, Biologie, Physik ... vergessen wir´s einfach!

Dinnertime. Hundert, zweihundert und mehr Schulkinder im Speisesaal, und Jimmy, Pam, Gladys, Jean und ich. So viele Kinderstimmen! Es ist schon recht laut, und Mr. Smith bittet uns, doch etwas leiser zu sein.
Es wird nicht leiser. Brrrriiiii! Eine Trillerpfeife! Der Schulleiter hat sich Gehör verschafft – und verhängt ein Redeverbot.

Was nun? Pam versucht mit ihren Fingern zu sprechen. Es gelingt ihr nach und nach, mit ihnen Buchstaben zu formen. Ist umständlich, geht langsam, macht aber Spaß, auf diese Weise das Redeverbot zu unterlaufen.

Samstag. Wie jeden Abend, rücken wir unsere Betten zu einem hufeisenförmigen Ring zusammen, und verfolgen die Boxkämpfe von unseren Betten aus. Die Atmosphäre ist gemütlich, familiär, und es hat einen eigenartigen Reiz, aus dem weichen Bett in den Ring zu Steigen, in einen harten Kampf, um sich danach abgekämpft wieder unter die Decke zu kuscheln.

Sonntag Nachmittag. Am Vormittag haben wir den Mädchen beim Hockey zugeschaut. Jetzt sind wir mit ihnen und Miss Hawthorn im Tanzsaal versammelt.
Tanzen hab ich ja im Weberhof auf Juist gelernt. Wiener Walzer. Aber nach dieser Musik: Harry-Lieme, Musik aus dem Film „Der dritte Mann" – das geht ganz anders – und Pam bringt mir die Tanzschritte bei.

So nah sind wir uns noch nie gewesen, und das bei dieser erregend mitreißenden Musik! Warum ist es nur so schön mit Pam zu tanzen, und ihr dabei so nah zu sein?! Und warum müssen wir schon wieder zum High Tea in den Speisesaal?"

*

I LOVE YOU, schreibt Pam mit ihren Fingern in die Luft, obwohl wir reden dürfen. Meine Antwort läßt nicht auf sich Warten. Nun haben wir es uns gesagt. In aller Öffentlichkeit, und ohne Worte – und Pam war es, die als erste den Mut dazu hatte. Und dafür bewundere ich sie umso mehr.
Gladys Augen hängen verträumt an der Lampe unter der Decke. Sie würde sich ja nicht trauen Jimmy ihre Liebe zu gestehen. Ich geb ihm einen leichten Stoß mit dem Ellenbogen. Er versteht. Sieht mich etwas ratlos an. Gladys oder Jean?

Wo ist meine Elfe nur geblieben?! Womöglich hat sie sich rettungslos vertakelt – in den Fallstricken der Ver- und Gebote dieser Schule. Ich muß sie unbedingt befreien! Mich über Verbote hinwegzusetzen, könnte vielleicht helfen. Verbot Nr. 2, das strengste von allen. Das wär doch was!

Nach dem High Tea verkrümel ich mich mit Jimmy und vertrau ihm meinen verwegenen Plan an: „Bist du ein mutiger Kumpel, Jimmy?" frage ich ihn erstmal. „Na klar!"
„Was hältst du davon daß wir in der Nacht, so um eins, wenn alle schlafen, bei den Mädchen durchs Fenster steigen, und unsere Freundinnen wachküssen?"

„Tolle Idee! Wenn ich mich nur entscheiden könnte, Gladys oder Jean?!"

„Ich hab einen Penny, hier!"
Jimmy wendet die Kupfermünze um und um, hält inne und betrachtet die Gestalt der Britannia, Herrscherin über die Meere. Siegreich thront sie da, wie auf einem Fels, am Meer. Ein hoher Helm krönt ihr stolzes Haupt. Die Rechte hält lässig ihren ovalen Schild mit der Zeichnung des Union Jack, und in der erhobenen Linken, aufrecht, drohend, der Dreizack.

„Die steht für Jean." entscheidet Jimmy jetzt. Der Kopf von Georg dem v. gehört also Gladys. Jimmy wirft Britannia mit Georg hoch in die Luft. Sie drehen sich umeinander, fallen auf den Erdboden zu und bleiben senkrecht in der Erde stecken.

„Also beide!" meint Jimmy und grinst.
„Oder keine." schlag ich vor und grinse auch.
„Dann lieber nochmal." entscheidet Jimmy und wirft den Penny wieder hoch.
Diesmal verschwindet er unter den gezackten, flach über die Erde gebreiteten Blättern einer Löwenzahnpflanze.
„Der will einfach nicht mitspielen!" stellt Jimmy fest.

„Bist du abergläubig?" fragt er mich noch, und runzelt nachdenklich die Stirn.

„Du meinst der Penny will uns ein Zeichen geben?"

„Vielleicht will er uns warnen, daß alles schief geht. Wir lassen den Penny einfach da liegen, und vergessen das Ganze."

„Bist du verrückt?!, einen ganzen Penny da liegen lassen?!"

Mit meinem kleinen Finger hebe ich die Blätter über der Münze vorsichtig hoch. Britannia, die siegreiche, schaut uns an und gibt uns unseren Mut zurück. Nun müssen wir nur noch eine Gelegenheit finden, Pam und Jean unser geheimes Vorhaben anzuvertrauen.

Miss Hawthorn und Mr. Smith voran, bewegt sich ein langer Zug Schulkinder auf die Amber zu. Jean, Pam, Jimmy und ich folgen ganz am Ende. In Bögen und Schleifen windet sich der Bach durch das grüne Tal. Sein klares Wasser glitzert in der Sonne, fließt durch Schatten der Erlen und Büsche, die seine Ufer säumen. An manchen Stellen ist die Amber so schmal, daß wir, mit Anlauf, über sie hinwegspringen. Dabei bleiben wir immer weiter zurück, und setzen uns schließlich am Ufer ins Gras.

„Sollen wir euch ein Geheimnis verraten?" frage ich Pam und Jean.

„Ja, schnell," drängt Pam neugierig. „wir müssen ja gleich weiter!"

Auch Jean sieht mich erwartungsvoll an, als ich noch überlege wie ich anfangen soll.

Da hilft Jimmy mir aus der Patsche: „Was haltet ihr davon, wenn wir euch heute Nacht besuchen?"

„Und mit einem Kuß aufwecken." füge ich hinzu.

Die beiden gucken sich an, kichern in sich hinein, sehen uns ungläubig an: „Würdet ihr das wirklich wagen?" fragt Pam zweifelnd, mit einem hoffenden Schimmer in ihren Augen.

„Wir sind doch keine Feiglinge!," versichere ich ihr. Und an Jimmy gewendet: „oder?"
Jimmy nickt. „Bestimmt nicht!"

Die Stimmen der anderen haben sich inzwischen so weit entfernt, daß sie kaum noch zu hören sind.
„Wir müssen weiter!" dränge ich jetzt. „Wie finden wir eure Betten denn?"
„Wenn du durch das dritte Fenster von links kletterst, ist mein Bett gleich gegenüber." erklärt Pam mir schnell. „Ich schlafe unten."
„Mein Bett ist zwei Fenster weiter. Ich schlafe auch unten."
Die Mädchen machen mit! Ist das aufregend!

*

Vom Duschhaus gehen wir durch die Dämmerung auf unsere Unterkunft zu. Eine bleiche Mondsichel hängt über der langen Hügelkuppe jenseits der Amber. Die ersten Sterne blinzeln in das aufsteigende Dunkel. Mein erster Kuß, denke ich, heute Nacht! Egal was passiert! Und später heiraten wir! Wenn's sein muß, in Gretna Green. (dort, an der schottischen Grenze, traut der Schmied auch minderjährige ohne die Erlaubnis ihrer Eltern)

Aus der Dämmerung in den hellen Schlafsaal. Kein Boxkampf heute. Bin zu aufgeregt. Etwas mulmig ist mir nun doch. Liege im Bett. Blättere in einem Comic Heft, zur Beruhigung. Wenn doch das Licht bald aus wäre! Endlich ist es dunkel. Nur das Nachtlicht schimmert matt durch den Raum über die schlafenden Kinder. Warten, warten, nur nicht einschlafen!

Unter mir, verdächtig gleichmäßiges Atmen. „Jimmy?" flüstere ich nach unten. Es rührt sich nichts. Ob es wohl noch zu früh ist, oder schon zu spät? Die einzige Uhr im Raum steht auf Mr. Smiths Nachttisch, und da geh ich nicht hin. Ich weiß was: ich zähle bis tausend und zurück. Dann wecke ich Jimmy, und unser Abenteuer mag beginnen.

Eins.......hundert........siebenhundert.........neunhundert............. tausend. Neunhundertneunundneunzig, neunhundertachtundneunzig, neunhundertsiebenundneunzig, neunhundertachtund...........shit! Nun hab ich mich verzählt, auch das noch! Kein Wunder in dieser Dunkelheit!

Jetzt – unten wälzt sich was – und stöhnt. Ich gleite vom Bett, greife nach Jimmys Schulter, schubse ihn leicht, paarmal ..."Nein, nein!"

„Jimmy, wach auf!"

„Oh! Er wollte mich fressen, hatte mich schon an der Schulter gepackt!"

„Wer denn?"

„Ein riesiger Bär!"

Tiefe Stille. Fast als ob man sie hören kann, all die Sterne über uns – wie leises silbernes Klingen.

Eine Wunderwelt dort oben, und hier unten. Alles um uns her scheint zu schlafen – im fahlen Licht des schmalen Mondes. Die langen Häuser mit ihren geheimnisvollen Schatten, Gras, Büsche, Bäume, der Wald dort drüben, die Bienen in ihren Wohnungen hier am Wegesrand sind schlafesstill, träumen wohl einen sonnigen Blütentraum.

Nach Baches Kühle riecht es von der Amber her. Und hier, ein Duft nach Holz, dicht an der Wand des Hauses in dem die Mädchen schlafen. Was wird Pam wohl sagen, wenn ich sie geweckt habe, mit einem Kuß? Komm zu mir, unter die Decke, es ist noch lang bis zum Morgen. Oder: Nun geh schnell wieder, daß dich keiner sieht!

Das dritte Fenster – ist ganz schön hoch. Ein Klimmzug. Jimmy hilft von unten nach. Leise, langsam rutsche ich von der Fensterbank, steh auf dem Holzboden in einem Mondlichtfleck. Sonst ist es recht dunkel hier. Kann die Betten, Tische und Stühle gerade noch unterscheiden.

Dort liegt Pam leise atmend in ihrem Bett. Behutsam setze ich einen Fuß vor den anderen. Nur kleine Schritte. Eine Diele knarrt unter meiner Sohle. Ich verharre. Mein Herz hat vorher schon gepocht. Vorsichtig wage ich mich weiter. In der Dunkelheit ist Pams Gesicht kaum zu erkennen.

Wohin soll ich sie küssen? Auf ihre Wange, ihre Stirn, oder ihren Mund? Wenn ich nur sehen könnte, wo das alles ist!

Sachte neige ich meine Lippen auf sie zu und fühle ihre Nase. Da drunter muß ihr Mund sein ... ein schriller Schrei ... das ist ja gar nicht Pams Stimme! Mein Kopf stößt gegen das Bett über mir. Das Licht geht an. Sprung zum Fenster raus …

Nur wenig später liegen Jimmy und ich wieder in unseren Betten. Mein erster Kuß! Er ging völlig daneben!

*

Am nächsten Morgen. Statt Unterricht, Versammlung aller Schulkinder und Lehrer im Tanzsaal. Vor der Versammlung steht der Schulleiter und zitiert Jimmy und mich zu sich nach vorn.

O backe! Die Knie werden weich. Sein sonst schon strenger Blick ist noch strenger geworden. Ich mag nicht zu ihm aufschauen, seh mir lieber den Fußboden an. Dann, seine unheilvolle Stimme: „Was habt ihr mir zu sagen?"

Irgendwer muß uns gesehen und verpetzt haben. Aber Jimmy, der war ja gar nicht mit im Schlafsaal der Mädchen! Das ist ja wie verhext! Woher weiß er denn nur, daß wir es waren?! Irgendwie unheimlich! Und das mit dem Penny! Jimmy hat doch recht gehabt! Der Penny wußte; das geht schief, und wollte uns warnen!

Seltsam, ausgerechnet jetzt fühle ich meine Elfe wieder! Sie ist wieder da, obwohl dieses strenge Gesicht uns betrachtet!

„Reinhart", sagt sie. „denke an Britannia! Frage sie was du antworten sollst!"

Da sehe ich Britannia vor mir, mutig und stolz.

„Sir, das war nur mal eine kleine Mutprobe. Und ich habe sie bestanden. Und Jimmy fast auch, wenn ich nicht das falsche Mädchen geküßt hätte, Sir."
„Was, du hast das Mädchen auch noch geküßt? Davon hat sie mir gar nichts gesagt."
„Die hatte ja auch geschlafen, Sir, und ich habe sie auch gar nicht richtig geküßt, nur ihre Nase, Sir."
„So so, nur ihre Nase. Na dann will ich mal Gnade vor Recht ergehen lassen. Diesmal dürft Ihr auf der Schule bleiben, und jetzt in eure Klassenzimmer gehen."
„Thank you, Sir."

Jetzt hat Amber Valley School zwei Helden. Und die werden von allen bewundert. Besonders von den Mädchen. Ja, Helden braucht das Land.

*

Eine der wenigen Gelegenheiten das Schulgelände zu verlassen, bietet der Gang zum Gottesdienst in der nahe gelegenen Kirche.
Sonntag Vormittag. Unsere Freundinnen, Jimmy und ich haben uns einer kleinen Gruppe katholischer Kinder angeschlossen, nur um mal raus zu kommen.
Schäfchenwolken am blauen Himmel. Vogelstimmen in den Bäumen. Ein großer bunter Schmetterling tanzt über den Blumen im Sonnenlicht, schwebt auf eine Blüte nieder, senkt seinen dünnen Rüssel tastend in ihren Kelch und trinkt von dem süßen Blütensaft.

Graues Gemäuer. Zinnenbewehrter eckiger Turm. Weihwasserbecken am Eingang. Düsterer Raum. Flämmchen der Kerzen auf dem Altar, hängen reglos an ihren Dochten. Die Orgel plärrt, jammert – quietscht Eispfeile in den Raum. Dunkler Mann, mit hellen Rüschen verziert, hebt die Arme.

Lahmer Vogel, der nicht mehr fliegen kann, verwandelt sich in einen Fisch. Japst nach Luft. Verendet. Verwest. Weiße Gräten an Rückenwirbeln aufgereiht. Fischgerippe mit Schuppenkopf. Eingetrocknetes Fischauge glotzt mich an.

Klingelbeutel in Kinderhand. Verhexter Penny - Herzensgabe für den armen toten Fisch. Küsse Britannia, sage ihr: danke, dann gleitet sie aus meiner Hand und ich weiß, daß meine Elfe draußen bei dem Schmetterling auf mich wartet.

*

Mittagstisch. Wieder mal Redeverbot. Pams Finger buchstabieren mir: I WILL LEAVE ON THURSDAY .
Hab schon verstanden, und wieder auch nicht. Am Donnerstag wird sie gehen, aber wieso denn, und wohin? Sie wird doch wohl nicht von der Schule gehen?! Auf dem Weg zum Tanzsaal sagt sie: „Ich würde ja so gerne noch bleiben, aber meine Zeit hier ist am Donnerstag um, leider!"

Meine Elfe kann mir keiner wegnehmen. Höchstens vergraulen. Schlimm genug! Aber das! Hört sich fast wie ein Todesurteil an. Kann es mir einfach nicht vorstellen: Pam nicht mehr hier! Fühle mich ohnmächtig und hilflos. Ich bleibe stehen, sehe Pam hoffnungsvoll an: „We will marry one day, will we, Pam?!"
„Shure Reinhart, I promise!"

Das letzte Mal tanzen mit Pam. Wir werden heiraten. Ein neues Gefühl der Verbundenheit legt sich tröstend über unsere Traurigkeit.

Donnerstag 10:30 Uhr.
Alle Kinder, die Amber Valley School heute verlassen, sind schon im Bus. Eh Pam, als letzte, einsteigt, verspricht sie mir: „Ich werde dir schreiben, sobald ich zu Hause bin." Dann schließt sich hinter ihr die Tür.
Sie setzt sich ans Fenster, küßt ihre Handfläche und pustet den Kuß durch die Fensterscheibe zu mir her. Ist das ein Leben! Nur ein Luftkuß, wenigstens, zum Abschied.

Ein leerer Tag. Keine Pam, keine Elfe, nur am Abend boxen.

Freitag:　 am Abend boxen.
Samstag:　am Abend boxen.
Sonntag:　am Abend boxen

Montag: ein Brief von Pam!

all my love,
Pam
+ + + + + + +

Lauter kleine Kreuze. Endlich viele Küsse, auf Papier! Und im Radio ein Schlager:

If I was a blackbird
I´d whistle and sing
And follow the ship
That my true love sails in

And in the top rigging
I´d build me my nest
And pillow my head
On a lily´s white chest

Wenn ich eine Amsel wär
Würde ich flöten und singen
Und dem Schiff folgen
In dem mein Liebster segelt

Und in der obersten Takelage
Würde ich mein Nest bauen
Und meinen Kopf betten
Auf einer Lilie weißer Brust

*

Nur Jungen im Abteil. Die Mädchen nebenan interessieren nicht. Im Zug auf dem Weg nach einer Insel, interessiert keinen. Zu einem Zeltlager, egal.

Unser aller Herzen schlagen einer geheimnisvollen Begegnung entgegen. Alle unsere Sinne sind wach, horchen auf die leiseste Veränderung der Geräusche um uns her. Und immer wieder der Blick aus dem Fenster.
Endlich! Leises Puffen, Rumpeln, Zischen schnauft uns entgegen – donnert heran – an uns vorbei …
Kritzel in mein Heft.

„Hast du sie?" fragt Roger mich.
„Nicht ganz, war zu schnell."
„Zeig mal."

Ich habe nur die Buchstaben und die ersten Zahlen aufgeschrieben, Roger die letzten Zahlen, der Loknummer. So machen wir es immer, können dann die vollständige Nummer zusammenstellen.
Roger hat ein richtiges Loknamenheft, die anderen Jungen auch. Stolz zeigt Roger mir die vielen Nummern und Namen die er schon eingetragen hat.

Es sind berühmte Loks dabei, die außer ihrer Nummer auch noch einen Namen haben wie Silver Arrow, Flying Scotsman zum Beispiel.

Wie heißt denn unsere Lock eigentlich? Wie unsere Lock, die unser Schicksal bestimmt heißt, weiß keiner. Und auch den Sinn ihrer Sammlerleidenschaft kann mir keiner erklären.

Es ist eben Mode, das machen eben alle. Im Zahlennetz gefangen. Quer durch England. Stunde um Stunde. Wie in einem Tunnel tief unter der Erde. In dem es nichts gibt, außer, immer mal wieder die Nummer einer Lock.

Nur die Nummer! Die Lock, dieses Wundertier, hat keiner gesehen. Nur die Nummern sind in den Heften aufgereiht. Wie tote Insekten. Auch ich habe die Loks nicht gesehen, nicht die Wagen und die Menschen hinter den Fenstern. Sehe nicht das Land durch das wir reisen. Nichts existiert für uns außer Nummern. Nicht einmal die Mädchen im Abteil nebenan gibt es mehr.

Manch einer von uns wird später einmal, im Urlaub, die Welt um sich her mit der Kamera erschießen. Zu Hause dann, wird er seinen Urlaub vergeblich in einem Stapel Photopapierleichen suchen.
Sinnloses Sammeln von Nummern und Namen. Das machen eben alle, und keiner weiß warum. Schafe wissen wohin sie gehen, sie suchen Gras und Kräuter.

Anglesey, Insel im Meer, Zeltlager. Wir sind angekommen. Wie UNSERE Lok heißt, weiß immer noch keiner.

*   *   *

Wieder zu Hause. Wir sind umgezogen, nach Swanwick, in der Grafschaft Derbyshire, in ein Haus das gerade erst gebaut worden ist. Nicht besonders schön. Eben so ein neues Haus.

„Greenfields" hat Aunty es getauft. Vielleicht wegen des grünen Hanges, hinter der verwitterten Backsteinmauer, am oberen Ende des Grundstücks.
Vielleicht ja auch wegen der sumpfigen Wiese unterhalb der Landstraße, die den sanften Namen „The Delves", die Niederung, trägt. Ist ja auch egal. Greenfields, The Delves, hört sich so sommerlich, so freundlich, so friedlich an.

Schall und Rauch! Frage nur meine Elfe warum sie bei mir ausgezogen ist, schon lange, so scheint es jedenfalls. Nur zu Besuch, ist sie manchmal noch da. Also, jetzt der Reihe nach!

Die Schule in Ripley, davon später. Das Frühstück? Meinetwegen! Bis zur Schule? Vier Kilometer Landstraße. Zehn nach sieben aus dem Haus. Trampel die Straße zur Schule hoch. Richtig gehört; trampel.
Anders geht es nicht. Normale Halbschuhe hab ich ja. Die aber sollen geschont werden. Darf sie nur sonntags anziehen, wenn keine Schule ist.

Ausgefeimte Gemeinheit! Aunty hat sich das ausgedacht! Pädagogik, Erziehung, nennt sie das. Und ihr großer Komplize macht da natürlich mit!

Schwere Bergmannstiefel mit Stahlkappe, und Hufeisen und Nägeln, unter den dicken Sohlen! Mit diesen Quadratlatschen schicken die mich in die Schule!
Lachen sollen die Schulkinder über mich, den Trampel. Jeder weiß schon von weitem wer da kommt, wenn ich durch den langen Gang klappere, und niemandem in die Augen sehen mag, rot vor scham.

Kleinkriegen wollen die mich! Bei meiner Elfe haben sie es ja schon geschafft. An mir aber, sollen die sich noch die Zähne ausbeißen!

*

Mein Klassenlehrer ist mir wohlgesonnen, und hilft mir so gut er kann. Bei jeder Gelegenheit lobt er mich, und davon gibt es viele, denn ich bin nicht schlecht im Unterricht, vor allem in Zeichnen und Sport.

Inzwischen habe ich mich an die schrecklichen Stiefel gewöhnt, und die anderen auch, und die Mädchen flüstern manchmal mit mir, trotz der Stiefel, oder vielleicht sogar gerade deswegen, weil ich der einzige bin, der welche hat. Etwas flirte ich dann auch mit ihnen, aber nur etwas, wegen Pam.

Abends freu ich mich dann schon auf die Schule am nächsten Tag; Urlaub von zuhause. Nur den Gottesdienst, jeden Morgen vor dem Unterricht, finde ich schrecklich.
Angetreten, wie Soldaten, müssen wir uns den moralinsauren Sermon vom Direktor anhören. Immer mal wieder, fällt ihm ein Schulkind ohnmächtig vor die Füße. Ich schon zweimal. Nach der Belehrung singen wir dann noch ein christliches Lied:

Onward christian soldiers
Going on to war
With the cross of Jesus
Going on before

Vorwärts ihr christlichen Soldaten
Auf in den Krieg
Mit dem Kreuz von Jesus
Das geht vorneweg

Oder:

Give me my sword of burning gold
Give me my arrows of desire
I shall not cease from mental fight
Nor shall my sword sleep in my hand
Until we´ve built Jerusalem
In Englands green and pleasant land

Gib mir mein Schwert aus brennendem Gold
Gib mir meine strebsamen Pfeile
Ich werde nicht weichen vor geistigem Kampf
Noch wird mein Schwert schlafen in meiner Hand
Bis wir Jerusalem errichtet haben
In Englands grünem schönen Land

Vom Krieg hab ich ja eigentlich die Nase voll. Wenn es aber nur so ein Lied ist geht´s ja noch. Und dann auch nur mit Schwertern und Pfeilen, mutig und tapfer, wie die Ritter früher. Stell mir dann beim singen vor, selbst so ein Ritter zu sein. Vor Begeisterung kriege ich dann eine Gänsehaut. Wo ich aber kein Schwert und keine Pfeile habe, sollte ich mir doch wenigstens mal eine Zwille machen.

Nach dem Abendbrot sitzen wir, Aunty, Uncle und ich noch eine Weile im Wohnzimmer vor dem Kamin, in dem ein lächerliches elektrisches Flämmchen zittert. Krank sieht es aus, daß man nicht hinschauen mag.
Der liebe Uncle schneidet mir jeden Abend noch einen ganzen Zentimeter von einem Marsriegel ab. Er hat so seine Prinzipien. So bekomme ich auch ein wahrhaft königliches Taschengeld. Das gleiche wie Charles, Prince of Wales. Der bekommt so viele pennys, wie er Jahre alt ist. Behauptet Uncle. Ob das wohl stimmt? Mit meinen dreizehn Pennys kann ich gerade mal ins Kino gehen oder vier Briefe frankieren.

Überhaupt muß Uncle was für Charles übrig haben. Er hat mich inzwischen auch noch auf seinen Namen umgetauft. Meinetwegen soll er mich Charles nennen, wenn er nicht anders kann. Kriegt ja sonst keiner mit, außer Aunty, und die blöde Kaminflamme da.

Mein erstes Buch, das ich in Englisch lese: „The Curious Lobster", ein Kinderbuch, leicht zu lesen; eine neugierige Languste geht an Land auf Wanderschaft, und erlebt seltsame Abenteuer. Lange kann ich nicht lesen – ich muß immer um acht ins Bett, und das Licht ausschalten. Von all dem Frust kann ich ewig nicht einschlafen.

Dabei geht mir so manches durch den Kopf. Pam, und unsere Liebesbriefe zum Beispiel. Wir schreiben uns fast jede Woche. Ihre Briefe sind wie ein Sonnenstrahl im Nebel. Aber nicht jeder Brief kommt bei mir an. Immer wieder mal, geht einer irgendwie verloren.
Dann ist da ja immer noch das schlimme Höllending. Wirklich schlimm, seit meine Elfe bei mir ausgezogen ist. Wie in einem luftleeren Raum über einem Abgrund hängend fühlt es sich an. Sie und einen Vogel dabei streicheln! Hat gut reden, wo sie nicht mehr bei mir ist!
Ich stell mir vor, wie es denn wäre, wenn Pam jetzt bei mir liegen würde: Wunderschön ihre Stimme, ihr Gesicht und ihre Nähe! An das andere denke ich nicht.
An das, was ich mit Maike, damals an der Schwarza versucht habe. Wie bin ich nur darauf gekommen, damals, als es noch gar nicht möglich war. Und jetzt, jetzt kann ich mir das nicht mal mehr vorstellen. Vielleicht muß man ja ganz schrecklich verliebt sein, oder ich weiß nicht was, um das zu können. Jedenfalls stell ich mir das bei Pam nicht vor. Natürlich hat Pam einen Körper, ihren Körper, das ist alles. Mit meinem Höllending aber, hat er nichts zu tun. Pam ist Pam. Meine erste große Liebe. Die ich einmal heiraten werde.

Und die jungen Frauen, die schon einen richtigen Busen haben, Schminke im Gesicht, an ihren Füßen Stöckelschuhe?
Busen, die mich an Bomben denken lassen, die explodieren könnten? Oder an ein Spinnennetz in dem man hängenbleiben würde, um dann verspeist zu werden?
Undurchsichtig, gewalttätig kommen mir viele junge Frauen, deren Busen unübersehbar groß und abstoßend geworden sind, vor. Und die jungen Mädchen, die mit mir flirten? Ann, die so süß lächeln kann, mit Augen, wie kleine Teiche, aus deren Grund verschämt lockende Ahnung steigt. Vertrauliche Ahnung. Weckt in mir das Bedürfnis zu sehen und zu ertasten, wie das bei ihr da unten denn wohl ist. Zärtlich ertasten, ja, ein Geheimnis ergründen, ja, sonst aber nichts.

Ist das ein Elend! Wozu ist mein Höllending nur da?! Ist doch klar! Quälen soll es mich, beschämen soll es mich, demütigen und verrückt machen soll es mich!
Mädchen? Nein. Frauen? Erst recht nicht! Doch! Eine einzige Frau, ja!

Ein wunderschönes Bild hab ich von ihr gesehen – wie sie, ganz nackt, in einer großen Muschel steht. Dabei ist sie gar keine Frau. Sie ist eine Göttin, und auch so schön!
Ihr Gesicht; vertrauens- und verheißungsvoll. Ihre Brüste; sanfte Hügel, wie der daffodil hill. Ihren Leib möchte ich streicheln, und ihr Geheimnis zwischen den schönen Beinen küssen daß es sich mir öffnet.
Aber die gehört ja meinem Freund, dem Lieben Gott! Da kann ich doch nichts machen, oder? Wo er doch mein Freund ist? Ich hab ja nur ein Bild von ihr gesehen, und sie ist sicher weit weg! Wie meine Elfe auch und mein bester Freund, der Liebe Gott.
Gottverlassen lieg ich hier mit dem Höllending allein im Bett! Wo soll das noch hinführen?! Was soll nur aus mir noch werden?!

*

Sommerferien. Nicht mal die Schule mehr. Tagelang habe ich das Grundstück hinterm Haus, Schiebkarre für Schiebkarre, vor das Haus gekarrt. Nun muß ich auch noch die lange Hecke vom Haus bis an die Straße stutzen, mit der großen Heckenschere – so wie sie mich stutzen, Tag für Tag. Und die Hecke weint bei jedem Blatt das ich zerschneide. Wo ist meine Elfe nur, wo Gott?

Ganz ganz leise, ohne den geringsten Laut, laufen sie unten an der Hauswand lang, über die Türschwelle, die Wand hoch auf den Küchentisch. Da sammeln sie Brosamen ein und tragen sie in ihre Wohnung unter der Erde.
Jede menge DDT pudert Aunty auf die glänzenden Körper der ants. So nennt man die Ameisen hier, diese garstigen Räuber, wie Aunty meint.

Wahrscheinlich hat Gott viel länger gebraucht, und sich viel mehr Mühe gegeben, als er es bei der Erschaffung der Menschen getan hat, um diese kleinen Tierchen zu erschaffen. DDT nicht auf ants, auf Aunty! So wär´s vielleicht richtig. Aber was ist hier schon noch richtig!

Immer dunkler wird der Nebel, in dem ich langsam versinke. Den nicht mal mehr Pams Briefe erhellen können.

So oft wie möglich, fahre ich mit dem alten Fahrrad irgendwohin. Ein vages Gefühl der Freiheit, für ein paar Stunden. Reicht aber nicht meine Elfe wiederzufinden, geschweige denn Gott, der mich wohl auch für immer verlassen hat. Dabei entdecke ich die Ruine einer alten Festung: Wingfield Manor.

Hier war auch mal jemand eingesperrt, hinter Mauern aus Stein. Mich umgeben die unsichtbaren Mauern böser Geister. Mary, Queen of Scotts, heißt es, wurde hier gefangen gehalten – länger noch als ich jetzt alt bin. Sechzehn Jahre oder mehr.

Eine Leidensgenossin also! Wie der wohl zu Mute war in dem Zimmer da oben, das kein Dach und keinen Fußboden mehr hat, von dem nur noch zwei Wände in den Himmel ragen? Ich lege mich ins Gras und träume von dieser armen Frau.

„Reinhart."
„Wer?"
„Ich, deine Elfe!"
Kann´s kaum glauben, fast kommt sie mir fremd vor.
„Der Nebel", sagt sie. „er wird verwehen, bis dahin aber must du viel Kraft und Geduld ...." Ich höre sie nicht mehr.
Hat sie wirklich zu mir gesprochen? Die gespenstische Bösegeistermauer, die mich umgibt, für einen Augenblick durchbrochen?

Noch nie habe ich mich so allein gefühlt, wie an diesem Abend. Nichts, nicht einmal meine Elfe kann mich mehr erreichen. Sie möchte ja bei mir sein. Das weiß ich jetzt. Sie hat es ja versucht, und die Gespenstermauer, da draußen, wo wir fast allein waren, für einen Augenblick durchbrochen.
Und hat mir ein Zeichen, ein wenig hoffnungsvolles allerdings, gegeben. Viel Kraft und Geduld soll ich haben, bis der Nebel irgendwann verweht.

Was dann wohl noch übrig sein wird von mir, von meinem Leben?!
Lange schau ich von meinem Bett in den Nachthimmel – auf zu den Sternen. Ein Stern leuchtet auf, zieht seinen Lichtschweif über den Himmel und erlischt.

Und ich seh sie, seine Gedanken, zwischen all die Sterne in den Nachthimmel geschrieben:

Oh brilliant star that flies
So swiftly along
Like a heart that died
So hopelessly alone
And now it strikes its never ending path
To find in space it´s resting place?

Oh leuchtender Stern
Du fliegst so schnell dahin
Wie ein Herz das starb
So hoffnungslos allein
Und nun trifft es auf seine niemals endende Bahn
Im All seinen Ruheplatz zu finden?

Tödliches Verlassensein hat sich über den Nebel gelegt, hat alle Lebensfreude in mir erstickt.

Bin wie der Geist eines Toten – ein Gespenst – oder nichts. Alles weicht vor mir zurück. Nur zwei böse Dämone bleiben. Sie haben es geschafft, haben meine Elfe und mich endlich umgebracht. Bewachen eine Leiche.

Etwas neues, unbekanntes steigt in mir auf: tödlicher Haß. Alles um mich her, beginne ich zu hassen, weil es mich nicht mehr will. Irgendwie muß ich sie zurückholen, die Welt, die ich verloren habe. Irgendwie muß ich sie wieder berühren!

*

In einem Haselstrauch finde ich eine ebenmäßig gewachsene Astgabel. Ich schneide sie zurecht. Ein ausgedienter Stiefel. Aus seiner Lederzunge schneide ich ein Läppchen. Die beiden Enden befestige ich an zwei Gummibänder, die ich an die Gabel binde. Nun verwandle ich ein Bleirohr, mit Hilfe einer Blechschere und einer Flachzange, in kleine Geschosse. Die fliegen viel weiter, als die Steine es taten.

Meine Elfe ist jetzt, mit einem Teil von mir, im All bei den Sternen dort oben. Meine Gefährtin hier unten auf der Erde, ist nun eine Zwille geworden.

*

Hinter der Mauer auf dem Feld – ein Hund jault auf und läuft was er kann. Das Stückchen Blei hat seinen Arsch wohl etwas heftig geküßt.

Der Hase am Bach wedelt nur mit den Ohren, als neben ihm das Wasser aufspritzt, und hoppelt ins Gebüsch.

Die Kuh galoppiert unschlüssig bockend, mal hier- mal dahin, daß ich lachen muß. Ich hab wohl ihren Euter getroffen.

Zwei Gärten weiter klirrt es an einem Gewächshaus. Auweia, hoffentlich merkt das keiner!

Ein Schwarm Tauben kommt geflogen. Die vorderste will ich treffen. Das Leder mit dem Geschoß flutscht aus meinen Fingern. Klatsch! Das Blei hat die Taube an ihre federngepolsterte Brust getroffen. Es hat ihr aber nichts getan, zum Glück! Erschießen wollte ich sie ja nun auch wieder nicht.
Nur erreichen, natzen, die frei und sonst unerreichbar über mir flog. Mein verlängerter Arm ist diese Zwille geworden. Sie schickt das Blei, und mit ihm meine Gefühle, weit weg von mir in eine Freiheit, die mich aus meiner Einsamkeit doch nicht erretten kann.
Aber ich kann nicht anders, muß alles erreichen was ich zu erreichen vermag …

Große alte Eiche. Allein, inmitten einer Wiese. In ihrem Wipfel, ganz oben, da wo die Erde zu ende geht und der Himmel beginnt, sonnt sich ein kleiner Vogel. Die Flügelchen in die Sonne gebreitet, ihr hellblaues Köpfchen zur Seite gelegt, blinzelt die kleine Blaumeisenfrau verträumt in den Himmel. Das Vögelchen kann ich nicht treffen. Dafür ist es zu klein, und zu hoch oben im Baum. Ich stell mir aber vor, daß das Blei neben ihm durch die Blätter klatscht, und es erschrocken davonfliegt.

Langsam, von Zweig zu Zweig taumelnd, sinkt es herab und bleibt vor mir im Moos liegen.
Ich kann nicht begreifen was geschehen ist. Empfinde nur dumpfe Angst vor meiner Tat und mir selbst, und verstecke mein Gesicht in starrem Selbstmitleid. Mehr kann ich nicht. Ohne meine Elfe bin ich tot – wie der kleine Vogel.

Aus seinem blauen Köpfchen sickert es rot. Eben hat er noch gelebt. Weglaufen möchte ich!

Doch etwas in mir weint. Da knie ich mich zu ihm ins Moos, und nehme ihn auf. Schlaff liegt sein Körperchen in meinen Händen. Still sieht mich sein kleines Auge an. Über meine Finger rinnt sein warmes Blut … meine Elfe ist wieder da, und weint.

Mit meinem letzten Atemzug noch, werde ich diese kleine Meisenfrau um Verzeihung bitten – wie sie wohl, mit ihrem letzten Atemzug, ihre Kinder dafür um Verzeihung gebeten hat, daß sie nie mehr wieder zu ihnen kommt …

*

Meine Elfe ist wieder da, und hat mich verwandelt. Die Welt kommt zurück.
Die schrecklichen Quadratlatschen hab ich in den Geräteschuppen hinterm Haus neben die Schiebkarre zu den Gartengeräten in eine Ecke gestellt. Gewiß passen sie viel besser zu Schaufel, Hacke und Spaten, als an meine Füße.
Die dürfen sich jetzt auch Wochentags in meinen Sonntagsschuhen wohlfühlen. Auch habe ich einen Blazer und Schlips, in den Schulfarben Schwarz und rot bekommen. Morgen darf ich endlich in die Swanwick Hall Grammar School. Dort muß jeder die Schuluniform mit Schlips tragen. Die Mädchen, wenn sie wollen, auch ohne Schlips. Bergmannsstiefel allerdings, sind dort strengstens verboten!

Heute ist schon Morgen! Wir, meine Elfe und ich, gehen auf der Landstraße auf meine neue Schule zu. Kalter Nebel hängt im kahlen Geäst der Bäume, liegt auf den Dächern der Häuser, die am oberen Ende der Gärten in den Wintertag träumen. Heute, am 27. November 1950, mein erster Schultag hier in Swanwick. Trister kalter Wintermorgen. In uns erwartungsvolle Freude.

Herrenhaus Schwanenbucht. Hört sich so vielversprechend an. Ehrwürdig altes Gemäuer schimmert hinter Bäumen hervor. Da liegt es vor uns – das große alte Herrenhaus mit Erkern und Balkonen, alten Ställen und neuen, einstöckigen Schulgebäuden, mit Seitenwänden ganz aus Glas.

School in Winter.

Begrüßt werden wir, ich wundere mich, daß meine Elfe in die Schule mitgekommen ist, von einer Frau, die wir gleich gern haben, die sich als unsere Klassenlehrerin vorstellt, und Miss Evans heißt.

Es sind mehr Mädchen als Jungen in meiner Klasse, und bis Mittag sind wir uns schon recht vertraut geworden.

SWANWICK HALL GRAMMAR SCHOOL
JULY, 1951.
Head Master · H. SCARBOROUGH, M.A.

Mitte unten, Miss Evans – Mitte oben, ich

Zu Mittag essen wir in dem großen Speisesaal im Herrenhaus. An dem Tisch da drüben sitzt ein großer Junge. Einige Male sieht er zu mir rüber. Dabei tuschelt er mit seinen Nachbarn. Er sieht nicht gerade vertrauenerweckend aus.

„That´s the bully." klärt mich der Junge neben mir auf. „He´ll shure lick you, like he does to every Boy that´s new at school." fügt er besorgt hinzu.
"Das ist der Schläger hier. Er wird dich bestimmt verprügeln, wie er es mit jedem Jungen macht, der neu in der Schule ist."

Vorsichtshalber esse ich nur wenig. Mit vollem Bauch ist man nicht so beweglich. Angst hab ich keine. Endlich mal wieder boxen! Ich weiß ja was ich kann.

Nach dem Essen, draußen auf der Wiese, steht er plötzlich vor mir. „Shall I lick you?" fragt er mich, und zieht die Mundwinkel geringschätzig nach unten.
„Yes, please!" fordere ich ihn heraus.
Inzwischen hat sich die halbe Schule um uns herum versammelt – ungläubige Blicke – völlig irritiert glotzt Bully mich an. Er scheint sich zu ärgern. Sein Gesicht wird zur Grimasse. Dann schlägt er blindwütig auf mich ein.

Sein Trommelfeuer prallt jedoch wirkungslos an meiner Deckung ab, aus der heraus ich sein brutales Gesicht, auf meine Chance lauernd, mit meiner Elfe beobachte.

Dumm ist er – denkt ich wehre mich nicht – versucht den Bruchteil einer Sekunde nachzudenken. Meine Rechte schnellt vor, verpaßt sein Kinn, trifft sein Auge.

Zwei Tage erscheint er nicht zum Unterricht. Am dritten Tag ist er wieder da. Würdigt mich keines Blickes, als ich ihn mit „Yes, please." Begrüße. So nennen ihn jetzt alle.

Über seinem linken Auge, ein länglichovaler Fleck. Schwarzrotblau. Sicher die Farben irgendeiner Nation, oder eines Fußballvereins ...

*

Woran es liegt? Hab wieder mal keine Ahnung. Ist es Miss Evans liebevoller Unterricht? Die freundschaftliche Atmosphere in der Klasse? Die ganze Schule überhaupt? Ich will sie lieber nicht fragen, daß sie es sich nicht doch noch anders überlegt. Jedenfalls scheint sie sich hier in der Schule wohl zu fühlen. Bei allem macht sie jetzt mit, so, wie sie sogar am Boxkampf teilgenommen hat. Sie scheint sich jetzt sogar für Bio, Mathe, und Physik zu interessieren! Was ist das nur für eine Elfe! Und ich erst! Das werden sogar meine Lieblingsfächer! Und auch Latein! Nur mit Französisch hab ich so meine Probleme.

In dieser Schule bin ich wirklich sehr gerne, jeden Tag, bis drei. Abends sitze ich dann mit Aunty und Uncle, in ein Buch vertieft, am Kamin.

„Treasure Island" lese ich gerade. Es trägt mich fort, aus diesem öden Raum. Was die beiden dann machen, weiß ich nicht. Zeitung lesen, tratschen oder sich einfach nur langweilen?

Ich lebe nicht *mit* ihnen, nur *bei* ihnen, in einer Welt, die sie nicht erreichen können.

Es ist schon schlimm, zumal ich nach Einbruch der Dunkelheit das Haus nicht mehr verlassen darf. Ich ertrage ihre widerwärtige Gegenwart, nur für den Preis: in diese Schule gehen zu dürfen.

Aus dunkelgrauem Himmel sinken helle Flocken herab, legen sich leise auf bläulich schimmernden Schnee. Der letzte Schultag vor Heiligabend.

Brian flüstert mir was ins Ohr. Ich folge ihm in den Festsaal. Mit schelmischem Grinsen befestigt er einen Mistelreis über der Tür. „Wenn ein Mädchen da drunter steht, darf man es küssen." erklärt er mir.

Wir warten gespannt. Wer wohl als erste kommt? Cate erscheint in der Tür. Brian hält sie auf, und deutet auf den Mistelzweig. Eh sie sich versieht, hat er sie schon geküßt und lacht sie an. Sie lacht zurück, bleibt hinter uns stehen, gespannt darauf, wer wohl das nächste Opfer ist.

Drei Mädchen erscheinen gleichzeitig in der Tür. Welche nun? Die mir am nächsten ist – erschreckte weiche Lippen – halb suchend, halb Flucht – mein erster Kuß!

Der ist aber gleich wieder vorbei. Es kommen noch mehr Mädchen. Ein Gedränge in der Tür. Aber, wer war sie überhaupt? Mein erster Kuß, war wiedermal irgendwie daneben – kann bei den vielen Mädchen hier gar nicht mehr sagen, wer ihn bekommen hat.

Jetzt Joan! Mein zweiter Kuß! Der hat sie überrascht, und sie ist schnell weitergegangen. Doch Joan kommt zurück. „Nochmal!" sagt sie und lacht mich schelmisch an. Das endlich war ein richtiger Kuß! Und ich weiß genau mit wem!

Es glaubt ja keiner, was wir alles noch gemacht haben! Gedichte aufgesagt, Weihnachtsgeschichten vorgelesen, getanzt, gespeist, getrunken und gesungen, daß ich jetzt noch heiser bin. Dann durch die Winternacht nach Hause. Die folgenden Tage habe ich, noch ehe sie um waren, schon gleich wieder vergessen.

Und endlich wieder Schule – und dann, irgendwann, lugt das erste Schneeglöckchen zwischen dem Braun welker Blätter aus der noch schlafenden Erde hervor, und Krokusse, weiß, gelb und blaues Leuchten. Und das Lied der Amsel. Vom First der Schule klingt es herab in eine Welt erwachenden Lebens, in die sachte sich öffnenden Knospen der Sträucher und Bäume.

Meine Klasse, Miss Evans, die anderen Lehrerinnen und Lehrer und der Direktor Mr. Scarborogh sind meine Familie geworden. In ihr lebe ich, mit meiner Elfe, die sich inzwischen sogar für Fußball begeistern kann.
Dieses schnelle Spiel wird zu unserer Leidenschaft, bis die Wintersaison zu ende ist. In der warmen Jahreszeit, wird hier nur Kricket gespielt. Das wohl langsamste, und schnellste, und englischste Spiel zugleich.

*

Mit Joan im Bus nach Ripley. Von einer Bratfischbude her zieht uns verführerischer Duft in die Nase.
„Fish and chips, twice, please!" „Zweimal Fisch mit Pommes bitte!"
Six pence für Bratfisch mit Pommes mit Essig und Salz auf Zeitungspapier. Und das schmeckt!

Joan sieht gut aus, in ihrer blauen Girl Guides Uniform. Sie will mir das Hauptquartier der Girl Guides und Boy Scouts zeigen. Vielleicht habe ich ja Lust, bei ihnen mitzumachen.

Helle Räume, Tische, Stühle, Wandtafel, Bild der Queen, Jungen und Mädchen in Uniform.
Ein untersetzter Mann. Viele Abzeichen oder Orden auf der geschwellten Brust. „Das ist unser Führer." klärt Joan mich auf, geht mit mir auf ihn zu.

Ich muß an die Hitlerjungen im Waldfrieden denken, und an den Scharführer. Der hat mir gefallen in seiner strengen, gerechten, kameradschaftlichen Art.
Dieser vierschrötige selbstgefällige Mann? Ich weiß nicht so recht, was ich von ihm halten soll. Meine Elfe macht ein bedenkliches Gesicht, und zieht es vor, ein Nickerchen zu halten.

„This is Reinhart." stellt Joan mich vor.
„I am Reverend Harvester", sagt er jovial, „do you want to join the Boy Scouts?"

Wie bei der Hitlerjugend, denke ich; Zeltlager, am Lagerfeuer Lieder zur Klampfe unter den Sternen ...
"Yes." sage ich erst zögerlich und nicke ihm dann doch bekräftigend zu. Reverend Harvester schüttelt mir wohlwollend die Hand und gibt mir ein Formblatt, das Aunty oder Uncle ausfüllen muß, damit ich aufgenommen werden kann. Sie werden es bereitwillig tun, wohl in dem Glauben, daß die Boy Scouts meiner Englischwerdung förderlich sein würden.

*

Klassenfahrt im Bus zum Sherwood Forest. Ein richtiger Urwald, mit vielen alten Bäumen. Ich stell mir vor, wie sich Robin Hood hier mit seinen Männern versteckt hat, um vorbeikommende Feinde aus dem Hinterhalt zu überfallen, auszurauben, im grünen Dickicht spurlos zu verschwinden und seine Beute mit notleidenden Menschen zu teilen.
Etwas von dem, was ihnen die habgierige Obrigkeit abgepresst hatte, gab er ihnen zurück.

Über tausend Jahre alt, müssen manche dieser Bäume sein. Und diese Eiche hier ist so groß, daß man es nicht glauben kann.

Wie viel tausend Jahre schon, mag sie hier wohl gewachsen sein?! Staunend betrachten wir ihren Riesenstamm, und den großen Spalt in ihrem Holz, durch den wir in sie hineinschauen. „Das ist Robin Hoods Eiche", klärt uns Miss Evans auf. „eines seiner geheimen Verstecke."

So nah sind wir unversehens einer lang vergangenen Zeit, die wir mit unseren Händen fühlen, mit unseren Gedanken berühren können.

Nacheinander schlüpfen wir durch den Spalt in den Baum. Neunzehn Mädchen und zwölf Jungen drängeln sich in ihm. Für Miss Evans aber ist kein Platz mehr da.

Ein ganz besonderes Gefühl der Geborgenheit erleben wir wohl alle in diesem, von einem lebenden Baum umfangenen Raum.

*

Anfangs war es nicht leicht, dem Unterricht zu folgen. Und das erste Zeugnis war nicht gerade ermutigend. Nachdem ich dann, an langen Abenden, auch noch Robinson Crusoe gelesen hatte, war mir die englische Sprache vertraut geworden.

Wohl war ich im zweiten Zeugnis in Englisch noch der letzte in der Klasse, in englischer Literatur aber schon zum Elfbesten aufgerückt. Und in der Gesamtwertung der Fünfzehnte. Im vierten Zeugnis war ich dann in Englisch an einundzwanzigster Stelle, und in Literatur gar der Zweitbeste. In der Gesamtwertung der Neunte.

Subject.	Effort *	Maximum 100 .	Form Position.	
English Language	5	48	21	
English Literature	5	67	2	

SWANWICK HALL SCHOOL.

Report on work of *R. Bransten* during *Autumn* Term 194?
Age. *15 11* Average Age *14 0* Form *II G* No. of Absences *1*

Subject.	Term Effort *	Term Examination Maximum 100	Form Position	Remarks
English Language	S	48	21	
English Literature	S	67	2	
Religious Instruction	S			
History	S	55	7	
Geography	S	45	5	
French	S	20	28	
Latin	S	18	22	
Mathematics	S	44/100	11	
Physics	S.	55	2	
Biology	S	52	5	
Chemistry	S	31	1	Weak
Art	S	64	7	
Handicraft or Domestic Science	S	76	1	Very good
Physical Exercises	S			
Music	S	53	21	

Total Exam. Marks ... 601   Position in Form ... 9 Out of 31 Examined.
Possible ... 1400   Height ... 5 Ft. 7½ Ins.
Percentage ... 42.9   Weight ... 10 Sts. 0½ Lbs.

General Remarks:—

Next Term begins *8 Jan 1952*   Parent's Signature
S.—Satisfactory. I.—Incipient. U.—Unsatisfactory.

In der Schule wird es immer erfreulicher, zu Hause dagegen immer unerträglicher.

Bei den Boy Scouts habe ich nur wenige Male mitmachen können. Geländespiele, Lagerfeuer, nichts dergleichen! Die finden abends statt, und ich darf ab 18°° Uhr das Haus nicht mehr verlassen … mit sechzehn Jahren!
Stattdessen muß ich den Muff der beiden Giftspritzen ertragen!
So geht das nicht! So geht das wirklich nicht!

Peggy, Auntys Voname = Klammer.
Piggy = Schweinchen, paßt auch nicht.
Pliers = Kneifzange, paßt!

Wie eine Kneifzange einen Nagel aus einem Holz zieht, versucht sie mir meine Seele aus dem Leib zu reißen. Ich sitz ganz
schön in der Tinte! Wie komm ich da nur wieder raus!

So weiter vegetieren bei den beiden? Auf keinen Fall! Das halte
ich nicht mehr aus! Von der Schule gehen, zurück nach
Deutschland? Kein Gedanke daran!
Meine Wurzeln haben sich mit jedem Tag tiefer in sie hinein
gesenkt, mich in dieser Schule fest verankert! Ausziehen, wo-
andershin! Aber wie, und wohin?

Jetzt brauche Ich Rat, und Hilfe! Und wen sonst könnte ich um
Rat und Hilfe bitten, als Reverend Harvester, der nicht nur Führer der Boy Scouts, der auch noch Pastor in der Methodisten-
gemeinde ist. Ein christlicher Geistlicher, der christliche Nächs-
tenliebe predigt, wird mir sicherlich helfen, so gut er kann!

Ich klopfe am Pfarrhaus an. Reverend Harvester begrüßt mich
jovial lächelnd und bittet mich herein. Meine Elfe hat sich aus
dem Staub gemacht.

Aufmerksam hört Reverend Harvester mir zu. Immer wieder
schüttelt er mißbilligend den Kopf. „Und ich habe sie für wirklich
nette Leute gehalten." meint er dann. „Du mußt da raus, so
schnell wie möglich. Ich hab auch schon eine Idee, bei wem du
vielleicht wohnen könntest. Werde mich mal umhören, und dir
bescheid sagen, sobald ich eine neue Bleibe für dich gefunden
Habe. Kopf hoch! Wir kriegen das schon hin!"

Ich kann´s nicht glauben! Meine Elfe hatt´s gewußt! Reverend
Harvester, dieser Judas, hat mich verraten! Hat Aunty und
Uncle unser vertrauliches Gespräch brühwarm serviert!

Die Masken fallen. Auf beiden Seiten. Für diese häßlichen Fratzen habe ich keine Worte mehr. Wieder einmal ist ein Traum zerbrochen. Still packe ich meinen Seesack. Stumm verlasse ich, mit meiner Elfe, das Haus.

*   *   *

Februar 1952 .

Die Fähre löst sich vom Kai. Seewind weht Schneeflocken in mein Gesicht, über's Deck, Wasser, Kai, Dächer von Dover, auf die lange weiße Felswand zu, die hoch aufsteigt aus dem Meer.

„Liebe Elfe was machen wir jetzt! Sind wir nicht auf dem Weg von einer Traufe in die nächste? Die neue Heimat dahin, die alte ... mag nicht daran denken! Wollen wir nicht lieber gleich ins kalte Wasser springen, jetzt?!"
„Auf dem Meeresgrund sind wir uns einst begegnet, jetzt würden wir uns dort verlieren. Willst du das? Uns einfach so wegwerfen? Noch nie war ich dir böse, nicht einmal damals, unter der Eiche, bei dem kleinen toten Vogel. Wenn du das aber tust, muß ich dir böse sein und ... dich verlassen."
„Du bist mir doch jetzt schon böse, daß es weh tut. Verlaß mich bitte bitte nicht! Du hast mir doch versprochen daß du immer bei mir bleibst!"
„Ich würde dich ja auch nicht wirklich verlassen. Aber du könntest mich dann nicht mehr sehen, dich nicht mal mehr an mich erinnern, auch nicht in der anderen Welt. Und es könnte sehr, sehr lange dauern, bis wir uns wieder begegnen würden."

Still sinken weiße Flocken auf dunkle Wogen zu, berühren sie, verlöschen. Aus dem Dunkel leuchten mich ihre Augen an, und ich sehe, daß sie mir nicht mehr böse ist.

„Elfe, keiner weiß, was wir erlebt haben, und wir könnten es auch niemandem erzählen. Niemand würde es verstehen können."

„Nein, niemand, außer Susan, in der auch eine Elfe lebt."

„Und andere Menschen, wenn sie auch eine Elfe in sich haben?"

„Dann wohl. Da kannst du aber lange suchen!"

„Sind wir denn wie Aliens, von einem anderen Stern. Und sehen nur wie Menschen aus?"

„So ungefähr, ja. Wir sind beides, Mensch und noch etwas ganz anderes, etwas das andere Menschen nicht wahrnehmen können, wenn keine Elfe in ihnen wohnt."

„Und der kleine Vogel, unter der Eiche, wenn er noch lebte, könnte der uns denn verstehen?"

„Der ja, wenn du Elfisch zu ihm sprechen würdest. Und auch alle anderen Vögel würden dich dann verstehen. In jedem Vogel wohnt ja eine Elfe."

„Ja, mit Vögeln sprechen! Aber, wenn eine Amsel mich ansieht, eine Meise, ein Rotkehlchen mit seinen seelenvollen Augen, und ich mich so sehr danach sehne, daß es zu mir kommt, auf meine Hand, und mit mir spricht ... es aber davonfliegt wenn ich zu ihm spreche, wegfliegt vor mir, als wenn ich ein Monster wäre, tut das so weh!"

„Die allermeisten Menschen sind ja auch Monster, und die Vögel wissen das. Und warst du selbst nicht auch mal ein solches Monster?!"

„Ja, damals, als du mich verlassen hattest und ich eigentlich tot war. Wenn das mit mir nochmal so wird, weiß ich nicht was ich dann tue!"

„Reinhart!"

Ihre Elfenaugen blitzen mich an, daß ich zusammenschrecke, und mich verstecken möchte. Aber das geht nicht! Jetzt nicht mehr, nachdem mir der kleine Vogel aus der Eiche so nah war, mein Herz so heftig berührt hat, in seinem Tod. Er hat ein Licht in mir entzündet das nie mehr erlöschen kann.

„Weißt du eigentlich was du da gesagt hast?"
„Ja. Daß ich uns nicht wirklich liebe, daß ich dir und mir nicht wirklich vertraue."

Nun werden ihre Augen wie zwei tiefe Seen, so tief, daß ihr Grund in einen Nachthimmel reicht in dem still die Sterne leuchten.

„Und wenn ich dir nun sage, daß, wenn du uns eines Tages wirlich lieben wirst, daß dann auch die Vögel zu uns kommen – und uns lieben werden – uns so lieben werden, wie nur Vögel lieben können. Wirst du nun nie mehr an so etwas denken, auch in schlimmen Zeiten nicht?"

„Werden wir, bis die Vögel kommen, denn nicht schrecklich einsam sein?"

„Ja, das werden wir. Dämone werden uns heimsuchen, solche, wie die in England, vor denen wir in die Schule geflüchtet sind. Wieder werden sie uns quälen. Erreichen aber werden sie uns nicht mehr so wie damals, als du gestorben warst.

Sie werden den Weg in uns hinein nicht mehr finden. Wie kalter Regen, der uns frösteln läßt, werden sie an uns herabtröpfeln, in der Erde spurlos versickern. Unsere Einsamkeit ist dann auch unser Schutz. Sie ist wie eine Insel von der sie nicht wissen, die sie nicht betreten können. Sie werden uns nicht mehr finden, nicht wissen wo wir sind."

*   *   *

*

Mit der Zeit lernt man ja auch ohne eine Elfe auszukommen. Die nie eine hatten, sowieso. Mehr schlecht als recht jedenfalls. Quälen sich irgendwie durchs Leben durch. Retten sich in eine Beamtenlaufbahn, in das Ziel einer gesicherten Pension. Klemmen sich in eine lebenslange Ehe, deren Leben oft nicht sehr lang ist. Halten sich nicht aus, in ihrer Alleinsamkeit, docken wieder an, versuchen's nochmal, mit der Ehe. Hätten's besser sein lassen sollen, sich all das Eheleid ersparen können, und sich stattdessen auf die Suche nach ihrer Elfe begeben sollen, falls sie überhaupt eine haben.

„Ha, ha, ha, daß ich nicht lache!"

Wer hat da denn eben gelacht? Aha, einer von denen die auch keine Elfe, und keine Ahnung haben?
Dabei hat der ja gar nichts zu lachen, und ich kann ihm nicht mal helfen! Muß sich eben ohne Elfe, oh tut das weh! irgendwie durch's Leben, oder wie auch immer man das nennen soll, wurschteln.

Darf es ja eigentlich nicht sagen, weil's gemein ist. Muß es aber sagen, weil's die Wahrheit ist:
Sein Inneres stell ich mir vor, wie den Beutel eines Staubsaugers. Leer wie voll, kommt auf's gleiche raus. Wenn leer, ist da schlechte Luft drin. Wenn voll, Staub. Wo ist da der Unterschied?

Für viel Geld und gute Worte nicht, könnte ich ihm eine Elfe besorgen! Ich müßte sie ja irgendwo klauen. Und Elfen lassen sich nun mal nicht klauen!
Ich jedenfalls, kann ja nur froh sein, daß ich meine Elfe habe, die immer bei mir ist wenn ich nicht gerade zu Hause oder in der neuen Schule bin. Sie schwänzt die Schule ja wieder, mit einer Ausnahme – aber davon später!

Jetzt jedenfalls schwänzt sie gerade, und ich muß den Unterricht alleine ertragen, in der Gerhard Rohlfs Schule in ... da wär´n wir ja wieder, wo damals der große Winter war ... in Vegesack.

Klassenzimmer: Tische, Stühle, Tafel, Schrank, Pult mit Stuhl, eine Tür, zwei große Fenster.
Draußen: Der Schotterschulhof, dahinter die kleine, nicht sehr alte, gesichtslose Kirche, und über ihr ein mal grauer, mal blauer, mal nachtdunkler Himmel.

Draußen fliegt eine Möwe vorbei, und sieht daß alle Stühle im Klassenzimmer besetzt sind, besetzt von lauter elfenlosen Jungen. Kein einziges Mädchen kann sie entdecken, nur noch einen Lehrer. Daß der unser Klassenlehrer ist, weiß sie wohl nicht, auch nicht, daß er Dr. Freese heißt, Mathe unterrichtet, noch recht jung, kameradschaftlich, und bei uns Schülern sehr beliebt ist.
Schwungvoll entert er das Klassenzimmer.
„Jungs, ich hab *auch* keine Lust auf Mathe. Macht ihr mit, daß wir unser Pensum schnell hinter uns bringen?"
Ein einstimmiges „Ja!" ist die Antwort.

Mit fliegender Kreide wirft seine Hand Formeln und Zahlen auf die Tafel. Fragen und Antworten schnellen wie Tennisbälle hin und her. Ein Blick auf seine Uhr: „Zwanzig Minuten und sechzehn Sekunden bis zur Pause. Was machen wir damit?"
„U – Boote!"
„Wieder mal U – Boote, na gut. Was wollt ihr denn diesmal hören? Geschichten, oder wie sie funktionieren?"

Er macht Laune, Dr. Freeses Unterricht!

Unser Sportlehrer, Dr. Tröps, der arrogante Haudegen. Stolz trägt er seinen Schmiß zur Schau, der sich als rote Linie quer über seine linke Wange zieht. Obwohl ich von Sport nie genug kriegen kann, seh ich den lieber von hinten als von vorn.

Unseren Kunsterzieher, Herrn Schindler, den hab ich einfach lieb.

Lateinlehrer Ubo Backer: Bürstenschnitt, ehem. kl. Offizier ganz groß! Schreitet durch die Tür. Alle Schüler stehen stramm.
„Sötzen! – Brandau stehenbleiben! lesen Sie Ihre Hausaufgaben vor!"
Seine rechte Hand schleicht sich schon auf die Innentasche seiner Jacke zu. Brandau will vorlesen, hat einen Kloß im Hals, und bringt erst nur ein unsicheres „Eh" hervor. „Eh ist richtig aber nicht wichtig, fönf, sötzen!"
Seine Hand zieht das Notizbuch aus der Jacke und trägt die Fünf ein. Zum Glück ist dieser Brandau nur mein Bruder Eckart!

Es gibt aber noch mehr Lehrer an dieser Schule mit über achthundert Schülern.
Ein kleiner Rundkopf. Den nennen wir Kugel.
Eine Lehrerin die unüberriechbar duftet, Wolke.
Einen Lehrer aber gibt es, der gar kein richtiger Lehrer ist, der ganz bestimmt seine Elfe gefunden hat! Ernst Meißner, unser Musiklehrer.
Eine Stunde Musikunterricht die Woche, mit den gelangweilten elfenlosen Schülern, ist schon kaum noch zu ertragen. Da schwänzt auch Ernst Meißners Elfe die Schule beharrlich außer ... an zwei Nachmittagen, jede Woche. Dann finden wir uns zusammen, dreißig Schüler und neunzig Schülerinnen ungefähr, auf der Bühne in der Aula.

Wie ein Hexenmeister entlockt Ernst Meißner unseren Kehlen dort Klänge, die zu einer Musik zusammenfließen, von der wir alle verzaubert werden.

Klangwelten entstehen, die uns hinweg tragen in andere Welten, die uns verwandeln. Im Alltag ersticktes Empfinden, Fühlen, erwacht zu neuem Leben, weckt Sehnsucht nach Nähe, die nirgendwo zu finden ist. Oder vielleicht doch?

Was habe ich mit Pam erlebt? Ein bisschen Frühling, verblaßt in Zeit und Raum? Und Susan? Kein bisschen Frühling, ganz anders, ganz nah, noch immer, wie meine Elfe, so nah. Ja, Susan ist in mir geblieben und mit ihr daffodil hill und Dartington Hall und Swanwick Hall, auch irgendwie. Aber wo bin ich hier denn bloß angekommen? Es ist ein Wechsel, wie von einem Pferderücken in ein Kanu, oder eher auf einen Dampfer? Und wohin wird die Reise nun wohl gehen?!

Immerhin; eine Elfe gefunden! Die wohnt in Ernst Meißner, und hat Ausgehverbot. Glaube ich. Seh sie nur in seinen Augen leuchten, höre wie sie mit uns singt. Und ob sich vielleicht hier, unter den vielen Mädchen und Jungen, noch eine heimliche Elfe versteckt hält?! Ist das wieder aufregend!

Aber sonst? Eisnebel!, und wo? – im dritten Band meiner Autobiographie: "EISSNEBEL" …